华盛顿·欧文文集

摩尔战纪

Washington Irving

中国友谊出版公司

图书在版编目（CIP）数据

摩尔战纪 /（美）华盛顿·欧文著；张冲译 . — 北京：
中国友谊出版公司，2016.12
书名原文：MOORISH CHRONICLE
ISBN 978-7-5057-3942-0

Ⅰ.①摩… Ⅱ.①华… ②张… Ⅲ.①长篇小说—美
国—现代 Ⅳ.① I712.45

中国版本图书馆 CIP 数据核字（2016）第 299990 号

书名	摩尔战纪
著者	［美］华盛顿·欧文　著　张冲　译
出版	中国友谊出版公司
发行	中国友谊出版公司
经销	新华书店
印刷	北京中科印刷有限公司
规格	880×1230 毫米　32 开
	5.375 印张　144 千字
版次	2017 年 4 月第 1 版
印次	2017 年 4 月第 1 次印刷
书号	ISBN 978-7-5057-3942-0
定价	35.00 元
地址	北京市朝阳区西坝河南里 17 号楼
邮编	100028
电话	（010）64668676

目 录
contents

——卡斯蒂利亚伯爵费尔南·冈萨雷斯纪传——

引言

　　在西班牙举国遭阿拉伯人入侵风暴之席卷而生灵涂炭之时，居民纷纷前往阿斯图里亚斯[①]山区避难，藏匿于人迹罕至的深谷，那里长年不断的溪流滋养着可供放牧的草场和零星的耕地。为相互守护，他们聚集在被称为"卡斯特洛"（castro）或"卡斯特雷洛"（castrello）的小村落里，在悬崖绝壁上方建造了瞭望塔和城堡，既可躲避风雨，亦能抵御突然袭击。阿斯图里亚斯王国就此诞生，国王佩拉约及其继任者逐渐拓疆扩土，建造了更多的城镇，最终在莱昂建立起王国的首都。

　　王国势力所及有一处意义重要之地，即古坎塔布里亚，从比斯开湾一直延伸到杜罗河，该地即卡斯蒂利亚，得名于突兀于大地上的座座城堡[②]。这些城堡将卡斯蒂利亚分隔为一处处领地，并对其派驻了被称为"伯爵"的行政与军事长官，这一头衔据说源自拉丁语 comes，即"同伴"的意思，指那些有权接近国王的人，他们在和平时期参与国王召集的会议，战争时期与国王一同出征。因此，"伯爵"的称呼比哥特国王时期的"公爵"更显尊贵。

　　这些伯爵的权势日益增长，竟至于有四人结为联盟，宣称自己不受在莱昂的国王的管辖。当时在位的奥多尼奥二世收到了他们的宣言，遂

---

① Asturias：西班牙北部山区，地处现今的奥威亚多省。

② Castile：castle（城堡）。

以武力把他们带到自己面前，当然也有人说，他靠的是背信弃义的伎俩。反正，他们被带上法庭，被判叛国，斩首示众。卡斯蒂利亚人拿起武器为他们报仇，奥多尼奥亲率大军前往平叛，但所有计划均因他中道夭亡而终结。

这样，卡斯蒂利亚人切断了与莱昂王国的联盟，选出两位法官来管理自己的领地，一位是文官，另一位是武官。首先担任此两职的是努尼奥·拉苏拉和莱因·卡尔沃，这是两位势力强大的贵族，前者是拉腊伯爵迭戈·波赛利奥的后裔，后者的祖先则是著名的熙德。

掌管市民及法律事务的文官努尼奥·拉苏拉由其子冈萨雷斯·努尼奥继任，后者娶希梅娜为妻，姑娘的父亲就是被奥多尼奥二世处死的伯爵之一。由这桩婚姻诞生了费尔南·冈萨雷斯，即下面纪传的主人公。

第一章

费尔南·冈萨雷斯继任卡斯蒂利亚斯伯爵——对摩尔人的第一场战役——圣基尔塞之胜——伯爵如何处置战利品

著名的费尔南·冈萨雷斯是当时最完美的英雄。他出生于887年，历史学家将其家族渊源上溯至努尼奥·贝尔奇德斯与苏拉·贝莉亚，前者是查理大帝之甥，后者的祖父是桑齐王子，他本应成为西班牙君主，却被最后一位哥特国王罗德里克夺去了王位。

费尔南·冈萨雷斯在大山里一个颇有势力的家中，即豪侠的老骑士马丁·冈萨雷斯的家里接受了严酷的教育。费尔南从小就不惧各种艰险，他学会了打猎，放鹰，骑马，击剑，舞枪，用盾。一句话，骑士所必须的各种高尚武艺他无所不通。

他的父亲贡萨尔沃·努涅斯于903年去世，哥哥罗德里戈904年去世，无嗣，而此时，强悍的山里人与老一辈的卡斯蒂利亚勇士早已对费尔南深怀敬仰，结果他十七岁便被一致推选出来统治众人。据说他的头衔是莱昂国王阿隆佐大帝治下的伯爵、公爵与执政。在当时刚建立不久的布尔戈斯城，人们召集了一次议会或贵族、卡斯蒂利亚骑士及山民的集会，庆祝他就位。会议由著名的奥卡大主教塞巴斯蒂安主持。

当时的西班牙时局相当严峻，君主的日子并不轻松，也不是徒有空名。当他把厚重的王冠戴到头上，便是套上了一顶闪亮的铁箍，和权杖联系在一起的是矛与盾，象征着要与信仰之敌进行永世的战争。议会借此机会，为治理领地通过了下列法律：

1、首先，所有人必须遵从上帝之法，遵从修士制定的教规教律，尊重教会的自由与特权，尊重牧师。

2、任何人均不得在卡斯蒂利亚之外的法律或军事审判庭对另一人提起诉讼，违者将被视作外乡人。

3、所有拒绝承认基督教教义的犹太人与摩尔人必须于两个月内离开卡斯蒂利亚。

4、有贵族血统的骑士应以友爱与温和对待其佃户与属仆。

5、杀人或犯下其他重罪者必须做出与罪相当的抵偿。

6、任何人不得夺去他人财产；但若生活贫困，可向伯爵求助。伯爵应对所有人行父亲般养育之责。

7、所有人必须团结一致，一心一德，为保卫信仰与国家相互支持。

这就是古布尔戈斯议会的法令，简明易懂，不像现在的那些法律，种类繁多，复杂混乱，让求助者困惑倒霉，让律师大发其财。

就职典礼刚一结束，布尔戈斯全城尚沉浸在欢庆气氛之中，年轻气盛的伯爵便命令号手在大街小巷吹起了武装集结的军号。托莱多的摩尔人国王的一位队长带着一支七千人的军队，正在卡斯蒂利亚领地上大肆掠夺，年轻的伯爵决心要开打自己的第一场战役。由于时间仓促，他只能召集起一百名骑兵和一千五百名步兵，但伯爵仍然决定带上这支小小的部队上战场。一位英勇的骑士鲁伊·贝拉斯克斯反对如此仓促的行动，但反对并未奏效。伯爵说："我欠坟墓一次死亡，而这笔债最高尚的还法，就是死于为上帝和国家服务。所以，让我们人人同心戮力走上战场；我要是和那个摩尔人打上了照面，就一定和他大战一场。"说完，他在大主教萨拉曼卡的塞巴斯蒂安面前跪下，领受他的祝福。主教深深爱惜着他，便手抚其头，祝福他得到上天的保佑；但当他目睹年轻勇士即将出征，他自己心中似乎也升起了圣战之焰，命令手下为自己的马备鞍，翻身上马，和年轻人一起向战场奔去。

这支小小的军队很快就来到被敌人扫荡一空的地区，大小村落都被付之一炬，黑烟缭绕，徒留废墟。伯爵派出探子，上坡下隘，探寻敌人的踪迹。在一座小山顶上，他们发现摩尔人正在一河谷边扎营，河谷里满是从周边掳掠来的牛羊。营地上，掠夺者人数众多，各色军旗在微风中猎猎飞舞。原来，率领这次袭击的是萨拉戈萨、德尼亚和塞尔维尔等摩尔人酋长，会同众多的穆斯林勇士，他们从非洲渡过海峡前来参加心目中的神圣事业。不过，探子注意到，整个营地的守卫十分松懈，卫兵们有的在睡觉，有的在大吃大闹，似乎所有人都觉得不会遭受任何袭击。

伯爵一听此报告，便带领队伍悄悄潜往，发起了突然袭击。摩尔人正沉浸于欢庆喧闹之中，根本来不及穿上铠甲。不过，这些异教徒尽管一片惊惶，还是进行了英勇的抵抗；营地上阵亡者尸体狼藉，许多人成了俘虏，剩余的人开始军心动摇。伯爵率领军队奋力拼杀，只一个回合，便亲手将摩尔人的主帅砍倒在地。摩尔人见主帅已死，纷纷丢下武器仓皇逃命。

摩尔人营地上，战利品堆积如山，半数是异教徒兵士的武器与盔甲，半数是他们从邻近乡村掠劫而来的财物。胜利者一般都会将战利品在士兵中平分，但伯爵不仅英勇，更是虔诚，另外，他身边还有萨拉曼卡大主教当参谋。因此，他将战利中的三分之一平分给众将士，其余的全数托付于上帝，交给教会以拯救在炼狱中受难的灵魂。此后，他一直遵循着这一虔诚的习惯。同时，他还在战场所在地建造了一所教堂，奉献给圣基尔塞，因为这场胜利就是在他的庆生日（7月16日）取得的。后来，他又为这座教堂增造了一处修道院，一群圣洁的僧侣在其中生活，以永志这场胜利。所有这一切，皆得益于那位主教的参与。在与异教徒的战争中，出没于基督徒阵营的教会牧师僧侣及其他人士往往有大善之举，此为一例。

第二章

走出布尔戈斯奇袭拉腊城堡——夺取该镇——参见莱昂国王阿尔方索大帝

圣奎尔斯之战胜利之后，费尔南·冈萨雷斯伯爵并未闲着。当时，那里有一座旧时的城堡，虽依然坚固，但因久经战事伤痕累累。城堡守卫着一座小镇，是当年盛极一时的拉腊城的仅存之处。那片地方是伯爵家族先祖的领地，但当时已落入摩尔人手中。事实上，城堡的控制权不时流转，在那铁血年代，任何城堡都不会在一个主人手中长久保持。今年在基督徒手里，明年就可能落入摩尔人掌控之中。有些城堡与依附于城堡的市镇一起，不停地被攻陷，被焚烧，被摧毁，还有的则悄无声息地被人遗弃，因为原先的居民不敢在其中居住，废弃的塔楼便成了蝙蝠、猫头鹰和其他食肉猛禽的家。拉腊被摩尔人攻陷后，多年以来都是一片废墟，不过后来摩尔人又重建了这座城市，只是规模小了许多，他们还在城堡里布下警卫重兵，并以此为据点，不时去基督徒地界骚扰掠劫。如前所述，拉腊的摩尔酋长就是在上述圣奎尔斯之战时被杀的掠夺者联军中的一个，费尔南·冈萨雷斯伯爵认为，既然拥有该城的异教徒已被打败，且无人继任，正好趁此机会复兴家族领地。

伯爵任命罗德里戈·贝拉斯克斯和贝拉·阿尔瓦雷斯为卡斯蒂利亚代理总督，自己率领一支强大的骑兵离开布尔戈斯，走上征伐之路。在追随他的这支著名骑兵队伍中，有马丁·冈萨雷斯、格斯提奥·冈萨雷斯、贝拉斯克斯和比斯开的洛普，最后这位还带来了一支强健的比斯开人军队。执掌军旗的是奥尔比塔·贝拉斯克斯，他在圣基尔塞之战中表现出色。军旗上是一个巨大的银色十字架，在众人面前煜煜闪亮。这面军旗迄今仍保存在圣佩德罗·德·阿兰扎教堂中。这支意志坚定的军队人数不多，一百五十名高贵的骑士，他们全副武装，坐骑骏良，还有众多仆从和长枪手，外加三千精选步兵。

伯爵率兵出征谨慎非常，抵达拉腊附近时竟然无人知晓。那是圣约翰日前夜，四下乡野笼罩在夜幕之中，使伯爵得以抵近观察。他发现，自己的军力实在过于薄弱，根本无法攻进城镇或堡垒中去。另外，约两里格①之外就是在荒野里由岩石铸就的卡拉佐城堡，那是摩尔人的一处要塞，他若是在堡垒前耽搁太久，就会受到腹背夹击。显然，无论采取什么策略，都必须迅速且突然。他反复思考之后，将自己的军队藏身于一处深峡之中稍事休息，他自己则继续观察城堡的情况，以便随时调整第二天的计划。就这样，他度过了仲夏之夜，即圣约翰日的前夜。

穆罕默德与基督教徒都过圣约翰日。当夜，拉腊周围的山顶上篝火通明，城里传来阵阵欢歌笑语。当清晨的阳光照进阿尔兰扎峡谷时，城堡中的摩尔人打开城门，涌出城来，在绿草地和河岸边欢庆起来，对步步逼近的危险一无所知。当这群人行进到足够远的距离，一座小山遮挡了他们的视线，伯爵带着急切的追随者悄然迅速地离开藏身处，直奔城堡而去。半路上，他们遭遇了又一拨摩尔人，也是去欢庆娱乐的。伯爵一枪就将其首领刺倒在地，其余摩尔人不是被杀就是做了俘虏，无一人逃脱去向前一拨人报警。

留守城堡的警卫发现一支基督徒军队正向城墙奔袭而来，赶紧想把城门关上，可已经来不及了。伯爵率众骑士撞开城门冲了进去，一刀一个，把试图抵抗者全数砍倒。伯爵留下贝拉斯克斯和几名将士守卫城堡，自己率领其余兵马去追击正在阿尔兰扎河岸庆祝节日的摩尔人。此时，摩尔人有的躺在草地上，有的弹琴奏乐，跳着摩尔舞，兵器都丢放

① 一里格（league）约为 4.8 千米。

在草丛树下。

他们一见来了基督徒，赶紧抄起兵器，拼命地做着无望的抵抗。不到两个钟头，摩尔人几乎被全歼，不是被杀就是被俘，只剩极少数人逃进了附近的卡拉佐山里。拉腊城内众人见城堡已经落入基督徒手中，警卫部队也已被尽数消灭，便立刻投降，城里的居民得到保证，他们的房屋不会被夺走或焚毁，条件是他们答应向伯爵交付与此前向摩尔国王缴纳的数额相同的年贡。贝拉斯克斯被任命为要塞司令官留守要塞，伯爵则荣耀凯旋，回到首都布尔戈斯。

年轻的卡斯蒂利亚伯爵即位伊始便展现出强悍的斗志，并取得了辉煌胜利，因此得到了莱昂国王大阿尔方索的赞赏，国王派遣使者，敦请他上朝参见。伯爵立刻动身，还带着一支由最优秀的骑士和众多亲戚组成的队伍，人人装备精良，战马鞍辔齐备。这样声势浩大的游行，完全符合这位正值年轻气盛时期的伯爵的身份。

国王亲自出城迎接他，还带上了锦衣华绶的群臣。伯爵下马，前去亲吻国王的手，但国王也跳下马，热烈地拥抱了他。国王终其一生，都与这些卓越的王公贵族保持着深切的友谊。

第三章

奇袭姆尼翁要塞——摩尔人拼命抵抗——进攻赫雷斯城堡

这位极其英勇的骑士凭顽强取得的胜利，在古编年史上有许多记载，其中一条，就记着他率领一支精锐部队攻打姆尼翁城堡的事迹。城堡占据要冲，离布尔戈斯不远。伯爵从首都出兵，但走的却是相反方向，借此迷惑摩尔探子；然后，他猛然调转方向，突袭要塞，冲破城门，亲率部队杀进去，而且他只拿着把匕首，因为刀枪都在攻城时折断了。摩尔人拼命抵抗，从庭院打到塔楼，从塔楼打到城墙，最后发现所有的抵抗都是白费，许多人不愿做俘虏，纷纷从城垛上跳进护城渠里。伯爵派重兵把守要塞，自己回到了布尔戈斯。

伯爵的下一次征战是攻打赫雷斯城堡，那是一座有坚固城堡守卫的城池，对卡斯蒂利亚而言，它有如芒刺在股，骨鲠在喉，因为驻守该城堡的摩尔卫兵经常出没于布尔戈斯到莱昂的大路，骚扰掠劫，掳走行路人，强夺牲口，搜刮运货做买卖的商人。伯爵在朗朗白日向该地进发，一路放火焚烧摩尔人的房屋，借团团浓烟宣告自己的到来。守卫要塞的阿布达拉前来求和，但伯爵一口回绝，他说："上帝指派我前来将他神圣的后代从异教徒手中拯救出来，没有任何谈判的余地，就凭刀剑说话。"

于是，阿布达拉挑选了精锐的骑兵前往迎战。他们骑着阿拉伯战马一阵冲锋，并投射出摩尔飞箭，但基督教军队按哥特战法站作一圈，实施进逼作战。阿布达拉倒在伯爵的刀下，其随从催马逃回城去。基督教军队紧追不舍，战场上尸横遍野。在城下，他们遭遇了阿布达拉的儿子阿尔门蒂尔，从城门到街道，他寸土不让，直到血流遍地。摩尔人逃离街道，躲进城堡藏身，但阿尔门蒂尔不断鼓舞他们做殊死抵抗。最后，一块石头砸中他，使他从城垛上摔下跌死了。摩尔人没了领头的，便全体投降。伯爵指挥众人把死者全清理出城，开始分配战利，把房屋尽数分给手下，让基督徒全住进城来。他将管理权托付给莱恩·贝尔穆德斯，还给了他伯爵头衔，从此开始了被称为"德·卡斯特洛"的卓越的骑士家族，其男性后裔在卡斯蒂利亚消失，但在葡萄牙得以传承并继续光大。那地方据说一直被称为"赫雷斯城堡"，得名于这一场血战，而赫雷斯在阿拉伯语中就是"血腥"的意思。①

① 见桑多巴尔（桑多巴尔），第301页。——原注

第四章

卡斯蒂利亚伯爵与莱昂国王胜利挺进摩尔人领土——攻占萨拉曼卡——使者带来挑战、伯爵不屑一顾

　　费尔南·冈萨雷斯伯爵性格冲动无畏，不知停歇，受不了刀枪入库马放南山的日子，掌管着周围地区城镇的摩尔首领别指望有稍事消停、可以安睡的时间。阿尔方索国王也变得积极热情起来，不断地希望和他一起分享胜利，于是两人再度出兵征讨摩尔人。伯爵带来了一支精良的卡斯蒂利亚骑兵，外加由来自阿斯图里亚斯的强悍山民组成的队伍，这些人都是征战行家。莱昂国王带来了自己久经战阵的军队。两人联手，横扫摩尔人的领土，一路烧杀，来到萨拉曼卡城下。他们用暴风雨般的攻击摧毁了城里人的英勇防卫，然后听任士兵大肆掳掠。最后，那些不愿意离开萨拉曼卡的摩尔人被迫皈依国王，方才得以保全自己的财产。此次征讨大获全胜，两人返回各自的城池。卡斯蒂利亚伯爵并未在自己的宫殿里逗留长久。一天，一位穿着华丽的摩尔使节骑马走进布尔戈斯城，向费尔南·冈萨雷斯呈上一封措辞颇有挑衅意味的信件。写信的是一个好吹嘘的摩尔人，名叫阿塞菲利，他率领一支由骑兵步兵组成的强大军队进入了卡斯蒂利亚领土，声称要和伯爵在战场上一决高低。费尔南·冈萨雷斯站在自己的战士队列前，手执兵器，回应了来者的挑衅。一场激烈的战斗就此开始，从清晨杀到半夜。战斗中，伯爵遭遇了极大的危险，他的坐骑被杀死，他本人也身陷包围，最后是被他的骑士们救出来的。一场浴血鏖战之后，摩尔人被打败，逃出了边界。此战所获战利被用于修缮卡斯蒂利亚的几处教堂，部分则分给了前来参战的山民。

第五章

夜袭卡拉佐——背叛守军的摩尔姑娘

在战乱连连的时代，西班牙人人都刀不离手，每个扼守要冲的悬崖或山顶必有城堡雄踞其上。摩尔人与基督徒站在各自的塔楼与城垛上相互虎视眈眈，不停地为争夺河谷的控制权相互厮杀。

笔者上文记叙，费尔南·冈萨雷斯伯爵已重新夺回了祖先的那块领地，即拉腊古城及城堡，但诸位别忘了，离城不到两里格之外就是摩尔人的卡拉佐要塞，如雄鹰之巢盘踞在高山之巅，山势险峻，城墙厚实，颇有万夫莫开之气势。把守要塞的摩尔人个个是可怕的掠劫者，经常从山巅飞扑而下，如猛禽从高空向猎物俯冲，冲进基督徒的羊群和房屋，旋风般一阵掳掠，又迅速回山巅而去。在他们踪迹范围之内，人们无法享有安全与宁静的生活。

关于他们恶劣行径的消息传到布尔戈斯的伯爵那里。他决定不惜一切代价，一定要攻下卡拉佐城堡，并为此目的召集精锐骑兵开会商议。他并未隐瞒这次出征的危险，明确讲述了该城堡险峻的地势，坚固的城墙，以及守军的警惕与英勇。但是，卡斯蒂利亚骑士们依然表示，宁死也要把城堡夺下。

伯爵带着一支精选的队伍从布尔戈斯悄悄出发，趁夜赶往拉腊，这样，摩尔人就无从发现他的行踪，也不会心生疑虑。第二天深夜，城堡大门悄悄打开，他们尽可能悄无声息地出了城，在河谷夜幕的遮蔽下来到卡拉佐山脚下。他们在此处埋伏好，派出探子前去打探情况。探子正在四处巡查，天色渐亮，猛听见头顶山边有一女子在唱歌。那是一位摩尔姑娘，头顶着瓦罐，边唱边往山下走来。她走到从柳树丛下流出的一处泉水边，边唱边往瓦罐里装水。探子一跃而出，抓住她，把她带到费尔南·冈萨雷斯伯爵面前。

那摩尔姑娘也许是受了极度惊吓，也许是出于真心，在伯爵面前跪了下来，说她情愿皈依基督教，为证明真心，还提出可以帮助伯爵夺取城堡。伯爵让她说下去，她告诉伯爵，城堡当天要举办一场盛大婚宴，肯定会有一番欢庆热闹，守卫一定会因此分心。她还告诉伯爵有一处地方可以设下埋伏，同时也能看见城堡，还答应只要时机一到，她会点灯示意发动进攻。

伯爵仔细端详着这位姑娘，发现她眼神坚定，面容不改。这一仗，需要大胆，也需要策略，于是他相信了姑娘，放她回到城堡去。整个白天，他都带着军队埋伏在山里，人人手不离刀把，时刻准备应付突然袭击。远处的城堡中传来喧闹的声音，不时夹杂着铙钹声、喇叭声、节庆的乐曲声，这说明城堡里正一片欢腾。夜幕降临，城墙上，窗户里，透出点点灯火，但都不像是发出的信号。差不多到了半夜，伯爵几乎要担心那摩尔姑娘是不是骗了他，猛然间，他看见一座塔楼上亮起了说好的信号灯光，这使他大喜过望。

伯爵带着部下冲了过去，全体将士都步行攀上陡峭的崖顶。他们刚到塔楼脚下便被一个哨兵发现了，他大声呼叫起来："敌人来啦！敌人来啦！快拿起刀枪！快拿起刀枪！"伯爵率领着强悍的骑士冲向城门，边高喊着："上帝与圣米兰！"整个城堡瞬间陷入一片惊惶喊叫。摩尔人遭遇如此突然夜袭，不知所措。他们拼死抵抗，但阵法已乱。基督徒们只有一个计划，一个目标。经过一场浴血苦战，他们撞开城门，攻占了城堡。

伯爵在城堡中盘亘了几天，加固城墙，并派驻了守卫，以免它被摩尔人重新夺回去。他重赏了那位背叛了自己同胞的摩尔姑娘，那姑娘刚以自己的举动证明其皈依基督教。不过，伯爵对她的皈依及新的信仰到底相信多少，是否允许她继续在被她出卖了的城堡里生活，史书并未有记载。

伯爵既已实现目标，便离开城堡踏上返程，在路上遇到他母亲努妮娅·费尔南德斯。母亲听说了他大获全胜，兴高采烈地要来卡拉佐见他。母子见面，欢天喜地，并将两人见面之地命名为孔特雷拉斯。

第六章

莱昂国王阿尔方索去世——摩尔人决定再次攻击伯爵，伯爵召集全体卡斯蒂利亚人——等待来犯之敌时，他去打猎并遇见隐士

此时，阿尔方索国王年事渐高，身心俱衰，王后与儿子利用他年高体弱的机会，对他粗暴以待，企图强迫他交出王冠。费尔南·冈萨雷斯挺身而出，试图加以阻止，但也白忙，阿尔方索最终被迫将王位交给长子加西亚。然后，这位年老的君王动身前往圣雅各朝圣，但染上致命疾病，便差人请伯爵速速赶去他临终之地萨莫拉。伯爵满心忠诚与焦虑，急忙前往，并在阿尔方索临终之际劝和了他与长子加西亚，陪伴着这位昔日君王直到他咽下最后一口气。老国王的去世让摩尔人重新鼓起勇气，他们觉得可以借此机会打击一下正气势如虹的伯爵。此时，科尔多瓦的国王是阿夫德拉赫曼，是全西班牙摩尔人的大君主。他对卡拉佐城堡被夺以及伯爵取得的其他胜利感到十分气恼，现在，伯爵失去了莱昂国王做后盾，他觉得也许可以一举将伯爵彻底击垮。于是，阿夫德拉赫曼在科尔多瓦聚集起一支强大的摩尔军队，有西班牙和非洲两地来的摩尔人，指派阿尔曼佐率领大军前去费尔南·冈萨雷斯伯爵的领地大肆掳掠。这位阿尔曼佐是西班牙摩尔人中最为骁勇的将军，阿夫德拉赫曼视他如右膀。

费尔南·冈萨雷斯伯爵一得知危险将近，立刻召集起卡斯蒂利亚所有能拿起武器的人，赶往他在姆尼翁的大营集合。聚集起来的这支队伍人数不多，但都是卡斯蒂利亚最骁勇的骑士，他认为，他们对摩尔人个个能以一当十。其中最著名的一位骑士名叫贡扎罗·古斯蒂奥，来自拉

腊，他还带来了自己的七个儿子，就是后来西班牙传说故事中的拉腊七公子。随贡扎罗一起来的还有他的妻弟鲁伊，也叫罗德里戈·贝拉斯克斯，一位非常强悍的骑士。

与此同时，不断传来强敌逼近的消息，据说敌军营帐几乎遍布乡野。另外，摩尔大将阿尔曼佐的名字也引起阵阵惊慌。因此，伯爵的一位名叫贡扎罗·迪亚斯的骑士劝说他避免与其进行力量悬殊的公开决战，而采取乘虚而入的策略，直扑摩尔人的领地，以此迫使他们签订休战协议。可是伯爵不同意，他说："就算他们人数众多，可一头雄狮能吃掉十只羊，三十条狼可以咬死三万只羔子。至于那个摩尔人阿尔曼佐，我们一定能灭了他，他名声越大，我们胜利的荣誉就越崇高。"

于是，伯爵率领这支小小的队伍来到拉腊，在那里停留，观察敌军的动静。一天，队还在休息待命，他带上几个随从，骑马到阿尔兰扎河边的林子去打猎。在策马奔驰时，他惊到了一头体形巨大的野猪，他追着野猪在岩石间飞跑，结果和同行人失去了联系。他还是追赶下去，最后，野猪顺着一条崎岖的碎石小道逃到一处绝壁顶端，马无法上攀，伯爵只好在悬崖底部停了下来。他跳下马，把马拴到一棵橡树上，挂着刺野猪用的长矛，手脚并用地从小道往上爬去。小道通向一处密密的雪松林，高大的雪松围绕着一处高大的建筑，一半由石头砌成，一半是从岩石山上凿出来的。那野猪躲了进去，藏在一大堆石头后面。伯爵正要投出长枪，突然看清楚眼前是一座神龛，神龛里立着一尊石头十字架，他立刻明白这是一处神圣之地。伯爵是一位既骁勇又虔诚的人，便立刻在神龛前跪下，请上帝原谅他差一点要犯下的过错，为此祈祷完毕，他继续祈祷上帝保佑他战胜敌人。

他正在念着祈祷，一位令人尊敬的修士走进石屋，他名叫佩拉约。修士见他是一位基督徒骑士，便对他施与祝福。他告诉伯爵，自己和另两位修士一起在此隐居，那两人一位是阿塞尼奥，另一位叫席尔瓦诺。伯爵听后大惊，此乃敌人腹地，而且直到前不久还是在异教徒统治之下，他们如何能在此地生存。隐士回答道，侍奉上帝，就要准备经历所有的艰难。的确，这三人饱经风雨严寒，忍饥挨饿，大部分时间只能以草叶根茎充饥，不过，他们可以通过几条秘密通道，与各地的隐士们保持一些联系。他们还能秘密接受被迫向摩尔人臣服的基督徒前来做祷告，遇上紧急情况，可以为他们提供藏身避难之地。

这时，伯爵向这位好隐士敞开心扉，把自己的真实名字和身份告诉了他，也告诉他自己正面对着异教徒入侵的危险。眼见天色已晚，隐士劝他留在山中过夜，在他面前摆放了只用大麦粉做的面包，以及简陋石屋里所能找到的简陋食物。

第二天一清早，伯爵走出石屋，发现隐士正坐在一棵大树下的一块岩石上，从那里可以遥望树林之外周边的广阔地域。然后，这位长久虔思苦修的隐士用预言家的眼神看着伯爵，对他说道："孩子，说实话，你面前将有许多艰险考验，但不要丧气，你终将会战胜摩尔人，会使自己的力量更为强大，财物更为充盈。"接着，他告诉伯爵战争中会出现的几个迹象与征兆，然后说："你若看见这些征兆，就说明上天在你这一边，说明你必胜无疑。"伯爵虔诚地洗耳恭听，他答应道："若这样的事情果真发生，我定在此处修建一座教堂与修道院，献给此隐居地的守护圣彼得。我死之后，我的遗体将安葬于此。"然后，他接受了修士的祝福，动身离开了。

第七章

卡斯卡哈雷河滩之战

费尔南·冈萨雷斯伯爵回到队伍时发现，将士们因找不到他而陷入了巨大的惊恐之中，都以为他遭遇了不幸，不过，他把自己的奇遇和隐士的好运预言都告诉了他们，让众人转忧为喜。

五月的圣十字日当天，基督徒与穆斯林军队终于在战场上照面了。摩尔人吹起号角，敲起军鼓，击起铙钹，大军漫山遍野铺开。当他们发现基督徒的军队人数如此之少，个个发出讥讽的呼喊，冲过来将他们团团围住。

费尔南·冈萨雷斯在一处高地上镇定地站着，就等那位隐士预言的胜利征兆出现。他身边站着一位年轻的骑士，名叫佩德罗·冈萨雷斯，是拉彭特德伊特罗地方的人，他性情刚烈，但有些喜好炫耀。他身披亮闪闪的铠甲，胯下的坐骑和他一样的暴烈，嘴里不停地喷吐白沫，咬着马嚼子，使劲跺着地面。见摩尔人靠近过来，那火爆脾气的年轻骑士实在忍不住了，顾不上基督徒与摩尔人之间还隔着一段距离，一松缰绳，那马腾地冲出去迎击敌军。猛见地面裂开一个大口，他连人带马掉进深渊，四周的沙土即刻就回填合拢起来。

基督徒阵营里发出一声惊恐的叫喊，众人心头一阵畏惧，但费尔南·冈萨雷斯骑马走到众人面前高喊道："这就是胜利的征兆。让世人看看，卡斯蒂利亚人如何保卫自己的君主吧！我的军旗将在战斗最激烈的地方飘扬。"说完，他命令奥尔比塔·巴拉斯克高擎军旗向前冲去，将士们看见银十字架在敌军阵中高高飞舞，一起高声喊着"卡斯蒂利亚！卡斯蒂利亚！"冲上前去拼死搏斗。贡扎罗·古斯蒂奥和他的七个儿子就围在军旗周边拼杀，据史书上说，他就像雄狮带着自己的幼狮浴血奋战。他们杀到哪里，那里的异教徒就成片倒下，血流遍地，奄奄一息。关于这场战斗的详细情况并没有太多的记载，只是说摩尔人似乎突然变得惊恐万状，士气突然衰落下去，随后便四下逃窜。阿尔曼佐本人仅凭着快马才逃得一命，随他逃走的还有为数不多的几个骑士。

在摩尔人的营帐里发现了大量金银财宝，还有其他值钱的物品，以及锻造精良的铠甲兵器。等战利品分发完毕，军队也得到了休整，费尔南·冈萨雷斯带着虔敬的军队来到圣佩德罗隐居地。他把大量金银捐给了佩拉约，供他为在战斗中阵亡的基督徒的灵魂做弥撒之用，也请他为未来的胜利祈祷。事毕，他率领军队回布尔戈斯的首府去了。①

---

① 似乎费尔南·冈萨雷斯并未践约在隐士隐居地建造教堂与修道院。隐士的石屋此后多年依然存在。桑多巴尔说："石屋建于俯瞰阿尔兰扎河的一处绝壁顶上，险要至极，令人不敢朝下看。石屋年代久远，大足以容百人。教堂内有如暗洞之出口，通往一处比石屋更大的洞穴，四壁全然是岩石，有一小孔，能俯瞰河水。基督徒常避难于此。"

桑多巴尔为佐证卡斯蒂利亚斯伯爵的历险，告诉我们说，费尔南·刚萨雷斯当年为追杀野猪，跳下马，拴马的那棵橡树还在。不过，阿加比达修士却以虔诚修道士的信任感，全盘接受了整个故事，认为无需佐证。本章所述的事件史称"卡斯卡哈雷之战"。

关于那位隐士，桑多巴尔提出了另一种说法，认为阿尔曼佐对战场上发生的那个预兆十分愤怒，便砸掉了那座小教堂，坐在马上下令将三位修士砍头。桑多巴尔还说，"这一次殉教事件被画进一座小教堂里的壁画上，该教堂迄今犹存。"——原注

第八章

伯爵致信纳瓦拉国王桑科二世，后者回复——两人相见于战场

卡斯蒂利亚伯爵对这一次大胜摩尔人及其了不起的阿尔曼佐将军感到十分振奋，此时，他稍有喘息时间，不会立即与异教徒发生战争，便决定对伤害了自己的基督教近邻实施报复。那就是纳瓦拉国王桑齐二世，此人外号"阿瓦尔卡"，该称呼可能来自他早年时国土遭摩尔人蹂躏，生活贫穷，年轻时一直穿着牧羊靴，也可能是因为他率军翻越比利牛斯山脉时命令将士们穿上此种靴子。反正，民众喜欢用这个称号称呼他。

这位王子从异教徒手中夺回了整个纳瓦拉，甚至使全体比斯开人或坎塔布里亚人向他臣服，还控制了比利牛斯山另一边法兰西人的一些领地。但他对此还不满足，不时借纳赫拉与里奥萨的领土纠纷而起的战事，前来侵扰卡斯蒂利亚，声称自己对纳赫拉和里奥萨拥有主权。无论与摩尔人是战是和，他从未停止过入侵该地区。①

此时，费尔南·冈萨雷斯伯爵偶有闲暇，就开始关注起这些事情了。他派人出使桑科国王，还捎去了言辞礼貌但语气坚决的口信。使臣向国王说道："陛下，我受卡斯蒂利亚的费尔南·冈萨雷斯伯爵之命前来，请听好我要说的话。您在过去使他广受伤害，趁他外出或上战场之际与异教徒为伍，前来侵扰他的领地。您若能改过并对过去之事做出补偿，我将十分高兴；但您若拒绝，他向您发出挑战。"

---

① 见桑多巴尔《五主教传》。《西班牙编年史》第 3 部第 18 章。——原注

从卡斯蒂利亚伯爵那里收到这样一个口信，这让桑科·阿瓦尔卡国王十分愤怒与震惊。他说："回去告诉伯爵，告诉他我什么也不会改。他的傲慢让我感到惊讶，我把他当作斗胆与我为敌的疯子。告诉他，他是听信了恶人劝告，不然就是因为和摩尔人打了几次胜仗就头脑发昏了。等我前去找他，情况就大不一样了，随便他躲在哪座城哪座塔里，我都会把他揪出来。"[①]

使臣带着回信回去了，把口信中的嘲讽和恶意一并传达给了伯爵。伯爵一听，立刻召集起骑兵谋士，将此事告诉了他们。他鼓动众人支持他报复这一场侮辱，也为他们各自的领地与首领所遭受的损害复仇。"我们在数量上不及敌人，但我们个个英勇，团结一心，一百支长枪拿在精选的骑士手里，一百人一条心，远胜过随意拉来的没有共同纽带的三百人。"所有的骑士都表示向他效忠，就像效忠于好君王一样，并表示一定会在战场上证明自己的忠诚。

他们很快就成立了一支人数不多却个个忠诚的卡斯蒂利亚军队，银十字旗再次由奥尔比塔·巴拉斯克高擎着在天空飘扬，伯爵意志坚定地走在队伍前头，经过一天行军，队伍进入了纳瓦拉领土。伯爵的战略向来就是速战速决。桑科国王对他的大胆深感惊讶，但还是率领着一支大军前往迎战。两军在被称为埃拉德格利安达的地方相遇。

这时，伯爵对自己的将士说："敌众我寡，他们身强力壮，脚步轻快，非常善于投掷长枪。要是让他们发动进攻，形势必定对他们有利。但如果我们抢先进攻，而且勇敢地贴近他们，我们就能打到他们的阵上去，而他们还来不及朝我们投掷长枪来伤害我们。我要做的，就是去攻击他们的国王。只要能用他的命为卡斯蒂利亚人所受的痛苦复仇，我死不死都无关紧要。"

当两军渐渐相互逼近，卡斯蒂利亚人果真如其首领所安排的，喊着

---

① 《西班牙编年史》第 3 部第 18 章。——原注

阵阵战斗口号"卡斯蒂利亚！卡斯蒂利亚！"向前冲去，冲破了纳瓦拉的骑兵阵，接下来的搏斗残酷壮烈，据一位上了年纪的编年史家记载，整个战场到处都是刀枪撞击的声音。伯爵在战场上四下寻找桑科国王，两人相遇，并从对方的铠甲纹章上认出身份。两人怒火相向，直杀到双双从马背上跌倒在地，人们以为他们都已阵亡。卡斯蒂利亚人从敌阵中杀出一条血路，团团围住倒在尘埃的首领。有的将他抬起，有的则奋力击退敌人。一开始，他们以为伯爵已死，发出了悲哀的呼号，但当他们抹干净他脸上的鲜血和泥土，他竟然活了过来，告诉他们别担心他，说那些伤口并不碍事。伯爵鼓舞着将士继续奋战直至胜利，因为他已经把纳瓦拉国王杀了。

将士们一听，群情振奋，返身杀回战场，但纳瓦拉人见国王已死，不禁万分恐慌，纷纷四下逃窜。

于是，伯爵命部下从阵亡者中找出国王的尸体，以有尊严的方式抬回纳瓦拉。纳瓦拉国王桑科二世就这样陨落，他儿子加西亚继位，号称"颤抖者"。

第九章

图卢兹伯爵进攻卡斯蒂利亚，入棺而返

费尔南·冈萨雷斯伯爵正在首府养伤，士兵们尚未脱铠卸甲刀枪入库，又传来了战争警报。桑科·阿瓦尔卡国王的密友与联盟、图卢兹与普瓦蒂埃伯爵已从法兰西率军前来助阵，但发现桑科国王已经战败阵亡，便扬起军旗，发动攻势，要向卡斯蒂利亚人为国王报仇。纳瓦拉人纷纷投奔于他的大旗之下，一支比刚被打败的军队更为强大的军队正向此地开拔而来。

费尔南·冈萨雷斯伯爵虽然有伤在身，却依然召集起自己的将士，命他们前往迎战新一拨的敌人。但是，卡斯蒂利亚人还没来得及从刚结束的战争中喘上一口气，就又被召集要上战场，大家都感到有些恼怒，开始在私下里表示不满。他们说："没日没夜地东跑西颠，没有片刻休息的时候，这简直不是人过的日子。咱们的这位君王简直就是魔王撒旦，而我们都成了他麾下的小鬼，不停地去搜罗人的灵魂。我们已经打得筋疲力尽，他一点都不可怜我们；他自己也受了重伤，一点都不可怜自己。得有人去找他谈谈，别让他再这样疯下去。"

就这样，一位名叫努尼奥·莱内斯的强悍骑士前去批评伯爵，说他不该立即投入战争，得等他自己养好伤，等他的将士好好休整，因为常人过不了这样的生活。他还说："这么说并非出于胆怯，你的将士时刻准备着，会像保卫自己的灵魂那样为你战斗，保卫你。"

伯爵回答说："努尼奥·莱内斯，你说得不错，但即使如此，我也不打算躲避这一仗。失败一次便永无翻盘可能。失去的机会永远不会回来。只想休息的战士永远不会有辉煌战功的回忆，灵魂离开身体之日，也是他英名消失之时。因此，让我们竭尽全力，把辉煌的战绩写进这一天，让世人在未来永远铭记我们。"

努尼奥·莱内斯回去转述了伯爵的慷慨陈词，众将士的热血重新沸腾起来，一个个整装完毕，准备奔赴战场。伯爵也趁他们热血未冷之际，策马领军，向敌人进发。他发现，敌军正驻扎在河对岸，而河水因最近的大雨奔腾翻涌。他毫不犹豫地催马涉水过河，但他的将士们却在过河时遭遇敌人投射过来的飞矢梭镖，抵达对岸河边时还有长枪刺来，很多将士倒在水中，尸体被奔腾的河水冲走，还有很多人倒在了河岸上。但他们最终还是成功渡过河去，与敌人展开近距离搏杀。这是一场艰苦的血战，卡斯蒂利亚将士以寡敌众，形势非常糟糕。费尔南·冈萨雷斯伯爵策马于敌军阵前，他高声呼喊道："图卢兹伯爵在哪里？让他出来见我，我，卡斯蒂利亚的费尔南·冈萨雷斯。我要和他单挑独斗一场！"那位伯爵立刻出阵迎战。两位伯爵交手时，两边的将士都站在一边凝神观望。只见他们人斗人，马撞马，就像两位慷慨高尚的骑士在决斗。两人催马全速向对方冲去，费尔南·冈萨雷斯的长枪一下刺穿了图卢兹伯爵身上的全套铠甲，将他挑于马下，人未落地，魂已出窍。图卢兹将士见主帅已死，立刻四下溃逃，卡斯蒂利亚人紧追不舍，俘获三百余人。①

伯爵获胜，他跳下战马，亲手脱下图卢兹伯爵的铠甲，用一件极其珍贵的摩尔人斗篷将遗体裹好，那件斗篷是他战胜阿尔曼佐时的战利。然后，他下令制作一口棺木，蒙以金丝布，用银钉固定好，再将伯爵的遗体放进去，把棺木交给被俘的骑士，释放了他们并给他们一笔盘缠，命他们起誓，一定将伯爵的遗体送回图卢兹，不得半道丢弃。就这样，这位伯爵从法兰西来时率领着一支铠甲铮亮的骑士人军，好

---

① 见《西班牙编年史》。——原注

不威武风光，可回去时却躺在棺木之中，一队被打败的骑士满心悲伤地护送着他。再看费尔南·冈萨雷斯伯爵，他率领着胜利的军队凯旋，回到布尔戈斯。

这一场著名的战斗发生于纪元 926 年，时值修士阿尔方索登基成为莱昂与阿斯图里亚斯国王不久。

第十章

伯爵往见公主、身陷地牢——陌生人密访并请求公主释放伯爵

因父亲战死而继承纳瓦拉王位的加西亚二世，虽然外号叫"颤抖者"，内心却非常英勇。他之所以有那个外号，说是有人看见他一上战场就浑身颤抖，事实上，颤抖的只是他外表的肌肉，因为他内心里看见了即将要奔赴的艰难险境。

加西亚二世对父亲被费尔南·冈萨雷斯杀死深感悲痛，决意要开战，为此复仇，但他听从了母后特蕾莎的建议，用更隐秘的方式来达到目的。根据特蕾莎的计谋，派人向伯爵传话，说要与他建立一个牢固的联盟，以一劳永逸地解决纳瓦拉与卡斯蒂利亚之间的所有纷争，为此，他建议伯爵迎娶桑卡为妻，桑卡是桑齐·阿瓦尔卡国王之女，加西亚国王的妹妹。伯爵欣然接受了紧密结盟的建议，一者他久闻这位公主的品德与美貌，二者他对能终结相互间冲突的这一方式深感满意。于是，伯爵与加西亚国王商定在西鲁埃那会面，各人只带五名骑士。

伯爵严格按协议行事，带着五名最勇敢的骑士出现在指定地点，但国王却带来了五十三名精壮将士，个个全副武装。伯爵一见大事不好，赶紧带着骑士躲进附近一处隐蔽地点，并堵上大门，从白天坚守到黑夜。最后，他发现别无选择，便开门投降，答应成为俘虏，并向国王臣服，条件是国王起誓不得伤害他性命。国王"颤抖者"加西亚凭计谋捉到了伯爵，将他用铁链捆绑起来，把他当囚犯，关进纳瓦拉一处叫比耶霍的坚固城堡。不过，他还是按伯爵所求，释放了五位骑士，让他们把这个令人伤心的消息带回去。

这时候，一位正去孔波斯特拉的圣雅各朝圣的诺曼伯爵听说声名远扬的费尔南·冈萨雷斯伯爵身陷比耶霍城堡，他很想见见这位著名人士，便前往城堡，一路行贿得以进入关着伯爵的监牢。他跨进牢房，看见这位高尚的骑士被铁链锁身，关在单人地牢之中，心里十分难过。伯爵抬头看见眼前这位身穿朝圣服、面露悲伤的陌生人，感到有些奇怪，但当他得知那人的姓名身份及来访目的，便立刻伸出了表示友谊的右手。

朝圣伯爵离开城堡时，对费尔南·冈萨雷斯伯爵的敬意更为深切。在宫廷宴会上，他见到了桑卡公主，正是她被当作诱饵，把那位伯爵诱骗落入敌人之手。朝圣伯爵发现，公主不仅美貌绝伦，性情也和蔼可亲，于是决定找机会与她私下交谈几句，他觉得，她内心一定怀有女人的温柔同情。于是有一天，公主正与侍女在花园里散步，他身穿朝圣服走到她面前，借口要完成朝圣使命，请她去一边单独说话。等周围没了人，他开口说道："公主，您怎么能对上天、对自己、对基督世界犯下如此大错？"公主听了十分吃惊，问："我做错了什么？"朝圣伯爵回答道："听好了，就因为你，全世界最优秀的骑士、西班牙的骄傲、骑士精神之花、基督世界之希望的那个人，被铁链捆绑，关在地牢里了。哪一位女士不会因为得到费尔南·冈萨雷斯伯爵之爱而感到荣幸，可您却嘲弄了他的爱！将来的人们讲起您的名声，只会说您被当成了诱捕这位高尚骑士的陷阱，说那位最勇敢最慷慨骑士因爱您而被投进了地牢！您违反了骑士精神的所有准则！美貌向来是勇气的朋友，但您却成了它的敌人！可爱姑娘的手，本是用来为寻求并获得她们之爱的骑士戴上花环送去奖赏的，可您送去的是铁链和地牢。您看啊，摩尔人抓到了他，个个欢欣鼓舞，而基督徒沉浸在悲伤之中。您的名字将像 Cava 一样被所有地方的人唾弃，但您如表现出英雄气概，将他释放，那您的名声将盖过西班牙所有的女子。您若是像我一样见过他，孤独孑然，铁链缠身，但依然英勇高贵、彬彬有礼，那凛然气势连端坐王位的国王都会羡慕嫉炉。您若是能爱上一个人，就应该爱上这位骑士；我向您发誓，世上任何一位帝王都不如他这样值得您的爱。"朝圣伯爵说完，转身走了，让公主在那里独自沉思。

第十一章

公主反复思量、做出决定——她与伯爵从牢狱出逃、遭遇危险——
婚礼

桑卡公主在花园里逗留了一段时间，心里反复思考着刚才听到的那番话，胸中渐渐产生了对费尔南·冈萨雷斯伯爵的柔情，因为对女人而言，最能打动她心扉的是听到有男人英勇地为她受难。公主越想对伯爵的爱意越浓。她想起了自己听人说起伯爵的辉煌功绩，想象着刚才所描述的伯爵的形象：高尚威武，却身缚锁链。她想起了朝圣伯爵离开时说的话，"世上任何一位帝王都不如他这样值得您的爱"，不禁高声喊了出来："天呐，世上还有比我更不幸的女子吗？我本可以获得这位高贵骑士的爱与忠诚，却要遭世人嘲笑。他和我都被我哥哥害惨了。"

公主越想越激动，最后决定，既然自己被当成诱饵让伯爵身陷图圄，就要把伯爵从中解救出去。于是，一天晚上，她给狱卒塞了钱，自己进入了地牢。伯爵看见她，以为是见到了一个美丽的幻象，或是什么天使从天而降来安慰他，因为公主之美远超乎普通女子。

公主开口道："高贵的骑士，现在不是说空话行虚礼之时。站在你眼前的是桑卡公主，我哥哥背弃的诺言，现在由我来实现。你本来是来娶我的，却被铁链绑了起来。现在我来，把我的手交给你，还要把你从铁链捆绑中救出去。你看，地牢的门开着，我决心与你一起走到世界的尽头。你只要向我发一句誓，你发了那句誓，我知道你为人忠诚，决不怀疑你会背弃誓言。你发誓，如果我和你一起逃走，你会以骑士的荣誉来对待我，你会让我成为你的妻子，永远不会抛弃我投入另一个女人的怀抱。"

伯爵以基督徒骑士的信仰说出了上述誓言，面对眼前这位绝世美女，他决意要毕生信守诺言。

于是，公主动身带路。她的权威，她的钱，已使狱卒完全忠诚于她，听任伯爵和公主一起从地牢中逃出。

那是一个漆黑的夜晚，两人离开大路，爬上一座大山。伯爵身缚锁链，行动十分艰难，公主不时拉他一把，有时候甚至把他背在背上，爱与同情心一旦被激发，再娇柔的女子也无所不能。就这样，两人艰难向前，直到天亮，在一处灌木密布的岩石悬崖中藏起身来。他们正藏着，突然看见城堡里的一个主牧师正骑着一头骡子在下面半山腰上走来走去，他拳头上站着一只猎鹰。伯爵知道那家伙是个卑鄙邪恶之徒，便焦虑地紧盯着他的一举一动。牧师还带着两条猎犬，东嗅西嗅的，终于嗅到了伯爵与公主走的那条道，猎犬发现了两人，便狂吠起来。只见那牧师跳下骡子，爬上两位逃亡者的藏身之处。他认识伯爵，便明白他是逃了出来。他拔出刀喊道："啊哈！逆贼，别想逃出国王的手心！"伯爵明白想抵抗是徒劳的，因为自己手无寸铁，身上还有锁链缠着，而那牧师身强力壮，肩宽胸厚。伯爵开始想用语言打动他，答应他若放自己逃走，就将卡斯蒂利亚的一座小城永久赠送给他及他的后裔。但是这牧师脾性暴躁，用刀尖指着伯爵的胸口，逼他回到城堡去。公主见状冲上前去，眼含泪水，恳求他不要把伯爵送回敌人手中。牧师见公主绝世美貌，心生邪念，觉得她已落入自己掌控之中，于是说道："好啊，我可以帮伯爵逃命，但有一个条件。"说着他凑到公主耳边说了一句话，立刻让公主惊恐愤怒脸颊绯红。牧师正要对公主下手，突然被伯爵紧紧抓住举离了地面，伯爵举着他走到悬崖边，把他头朝下丢了下去，牧师在掉下去时连脖子都摔断了。

接着，伯爵牵过牧师的骡子，拿过他的猎鹰，唤来他的猎犬，整个白天，两人都躲在深山隐秘之处，到夜晚，他和公主骑上骡子，摸索着最为崎岖少有人涉足的小道，往卡斯蒂利亚赶去。

天亮时分，他们发现自己来到山脚下一处开阔的平原，看见一队骑手正朝他们飞奔而来，还拉着一辆车，车上坐着一位身披铠甲的骑士，举着军旗。公主顿时万念俱灰，她说："这是我哥哥派来追我们的。我们逃不了了，这可怜的骡子早已没了力气，跑也跑不快，驮也驮不动我们进山了。"伯爵听她这么一说，便跳下骡子，拔出主牧师的刀，挺身站在隘口中间，对公主说："你回去，赶紧进山，谁敢追你，我让他好好领教我的厉害。"公主答道："别这样，你是因为爱我才离开自己的领地，遭人陷害，受了那么多的苦难。我要陪在你身边，和你分担这一切。"

伯爵正要表示反对，却惊讶地发现在越追越近的车上坐着的骑士，身上穿着的是自己的那套铠甲，刻着自己的纹章，那人手里拿着的是自己的军旗。他觉得难以相信，说："这肯定是什么魔法。"可再走近了一看，认出了那队骑士中的两人，一人是桑迪亚斯，另一人是拉内兹，是他两位最忠诚的骑士。他大喜过望，对公主高声喊道："别害怕，看，那是我的军旗，那是我的随从。你以为他们是敌人，可他们会跪在你脚下，满怀尊敬地亲吻你的手。"

原来，伯爵被囚的消息传到卡斯蒂利亚后，众人都感到惊愕和难过，骑士们自己聚集起来，设法解救他。有几个骑士便做了这个伯爵人像，给它蒙上他的铠甲，让它擎着伯爵的军旗，然后像对伯爵本人那样对它宣示效忠，然后把假人安放在车上，就当它是他们的首领，拉着车就出发了。他们按古代骑士的精神发誓，不救出伯爵决不回家。

骑士们发现来人正是伯爵，不禁发出一阵欢呼，纷纷亲吻他的手，还亲吻了公主的手，以表示他们的忠诚。他们拆下伯爵的锁链，把他抬上马车，让公主坐在他一边，兴高采烈地回到卡斯蒂利亚。

无论用什么语言都无法描绘伯爵回到首府布尔戈斯时成千上万人对他的热烈欢迎。桑卡公主所到之处，同样受到欢呼祝福，人们称她为伯爵与卡斯蒂利亚的救星。不久，两人就举行了婚礼，伴之以盛大的欢庆婚宴和比武竞赛，一直热闹了好几天。

第十二章

加西亚国王被囚布尔戈斯——公主劝伯爵将其释放

费尔南·冈萨雷斯伯爵与桑卡公主的婚庆活动刚一结束，"颤抖者"加西亚国王就亲率大军前来为受到的各种羞辱实施报复。伯爵率军前往迎击，又是一场血腥混战。最后，纳瓦拉人被击溃，国王在与费尔南伯爵一对一的博斗中受伤被俘，被伯爵押回布尔戈斯，关进了看守严密的牢房。

此刻，伯爵夫人的焦虑几乎与此前伯爵被囚时一样深切，她竭力劝说丈夫释放国王。然而，伯爵依然忘不了国王的背信弃义，忘不了自己当时所受的囚禁，一时没有被其说动，国王便在密牢里关了很长一段时间。后来，伯爵夫人又向伯爵的主要骑士求助，请他们念及当时自己如何帮助他们解救了他们的主君。几位骑士一起求情，伯爵终于答应了。于是，"颤抖者"加西亚国王获释，并得到礼遇，伯爵还派上数量与他地位相配的扈从人员陪送他回到自己的领地。

第十三章

出征塞洛古城——伯爵误入修道院并深表悔恨

要写尽费尔南·冈萨雷斯伯爵英勇战胜异教徒的事迹，可得卷册浩瀚，那些事迹几乎让严肃的历史读起来如传奇一般，笔者在此仅详细叙说其中一次战役。在那次战役中，他急速穿越拉古纳河谷，沿杜罗河乘胜推进，一路修建城堡塔楼以确保对该地带的控制，然后手持刀剑第一个冲上奥玛兹堡的城墙，并率领英勇的大军一举夺取奥尔马城，随后又夺下史称萨尔瓦多的桑多瓦尔骑士的发源地桑多瓦尔镇，最后攻入当时只是一个守备坚固的村落马德里，一番掳掠之后胜利回到布尔戈斯。

不过，若对他下面的一件功绩避而不谈，那就显得对这位伟大善良的伯爵有失公允，因为那件事显示了他深切的虔敬。那是在攻击塞洛古城时发生的事。古城坐落于寒冷贫瘠的地带，本身并无很大的价值，但它是摩尔人的一处要塞，是他们发动战事的据点。伯爵对古城发动突袭，一举拿下，骑马戴甲进入古城，将胆敢抵抗者一一杀倒在地。在一阵愤怒中，他冲进一处空阔的建筑，以为那是一座清真寺，他凭着虔诚的基督徒情怀，想杀掉寺里所有的异教徒。可是他四下一看，不禁大吃一惊，他看见了圣徒像，救主的十字架，以及其他各种圣器，一切都说明这是一座献给神圣信仰的教堂。伯爵悔恨交加，赶紧跳下马，屈膝下跪，眼含泪水，请求上帝宽恕他无意中犯下的罪错。他正跪着，几位圣多明各修士走了过来。他们面容清瘦，衣衫简朴，但还是朝他欢呼着，称他是他们的解救者。原来，此处是圣塞巴斯蒂安修道院，修士多为摩尔人所俘虏，只得靠编篮子养活自己，不过，摩尔人允许他们继续奉行自己的宗教。

伯爵依然对自己的不敬行为充满悔恨和虔诚的自责，下令除下自己那匹战马的蹄铁，将它们钉在教堂大门上。他说，这副蹄铁既已践踏了这一神圣场所，就不能让它们再去践踏任何其他地方。据笔者所知，将马蹄铁钉在该修道院大门上从此成了一个习惯，该习惯还传播到了其他许多地方。

桑多瓦尔的普鲁登西亚牧师曾记叙过伯爵攻打这座城市的一件神奇事迹，据牧师说，该记载迄今犹在。离当地不远，就在经过拉腊的路上，一块坚硬的岩石上留有伯爵战马的蹄铁印迹，好像马蹄是踩在软化的蜡上似的。那样推测下来，马蹄之所以有神奇的坚硬，应该与伯爵将它献给圣所有关。

第十四章

来自科尔多瓦的摩尔人，伯爵再访圣佩德罗修院祈祷胜利并得到胜利之预示——哈齐纳斯之战

本回忆录从安东尼奥·阿加庇达[①]修士的手卷中选材良多，该手卷里记载了伯爵的许多彪炳古代编年史的令人惊叹的英雄战绩，但修士也不会忘记详述发生在当年西班牙的许多神奇事迹，以显现上天在基督徒对异教徒的战争中对基督徒的助力。著名的哈吉纳斯之战就是一例，所发生的神奇事件足以让人们世代永志。

事情是这样的：科尔多瓦的摩尔人国王召集了西班牙和非洲忠心耿耿的伊斯兰教徒，前来帮助他夺回此前不久被不信伊斯兰教者、特别是费尔南·冈萨雷斯伯爵等夺去的土地。这支军队数量之大，人数之众，据说像蝗虫那样覆盖了整个安达卢西亚平原。

伯爵得知大军来犯，便将其军队聚集于彼德拉菲塔，而摩尔人则在哈吉纳斯扎营。可是，当伯爵目睹向他进发的强大敌军时，心里第一次有了不祥之感，便想起此前遇到类似情形时，那位佩拉约修士给过他令人鼓舞的预言，于是决定再次前往拜见修士，请他赐教。他悄悄离开营地，在两位骑士陪同下，前去寻找他下令重建的圣佩德罗隐修院小教堂，这座教堂藏于阿尔兰扎河畔绝壁间。可当他抵达时，却得知那位善良的修士已经去世，他为此深感悲伤。

不过，他还是走进教堂，在神龛前跪下，祈祷在即将到来的战争中

---

① Fray Antonio Agapida: 欧文杜撰的编年史家。

取得胜利，并反复告白说自己像许多西班牙的国王贵族那样，从未向异教徒表示过虔敬，也从未接受他们为自己的君主。伯爵祈祷了很久，最后渐渐睡了过去，当他在神龛前熟睡时，身披洁白如雪的道袍的佩拉约修士在他梦中显现，说："费尔南·冈萨雷斯，你为何在此熟睡？快起身，向前进，你定将战胜摩尔人。你是最高者忠心耿耿的臣仆，他令使徒圣雅各与我及众多天使前来助你，我们各人手中的旗帜上都绣有红色十字。起身吧，凭你勇敢的心，去吧。"

伯爵惊醒过来，正琢磨着刚才梦中情形，便听见有声音在说："起来吧，快去啊。你为何还在犹豫？把你的军队分为三个军团：你率领人数最少的那一支从东边进入战场，我会在你身边；令第二军团从西边进入，圣雅各会在那里帮助；第三军团从北边进入战场。记住，我是圣米兰，前来向你传达以上消息。"

伯爵满心欢喜地离开教堂回到营地，将他第二次造访隐修院的事情告诉了各位将士，讲述了他梦境所见，以及圣佩拉约再次预言他将取胜。众将士欢欣鼓舞，都为自己的首领能有如此了不起的战争谋士而感到高兴。

开战前夜，费尔南·冈萨雷斯伯爵按神示将军队分为三支。第一军团由两百骑兵与三千步兵组成，个个是强悍的山民，脚步轻快，勇气过人，打头的是萨拉斯的格斯提奥·冈萨雷斯和他的七个儿子及两个外甥，还有他的弟弟鲁伊·贝拉斯克斯，以及一位英勇的骑士贡扎罗·迪亚斯。

第二军团由洛普·德比斯卡亚率领，其将士均来自布鲁埃巴和特雷比诺、古卡斯蒂利亚、卡斯特洛及阿斯图里亚斯。共两百骑兵，六千步兵。

第三军团由伯爵亲自率领，和他一起的有鲁伊·卡维亚和努诺·卡维亚，两人都是当天被伯爵册封为骑士的，另有二十位贵族，也是当天被册封为骑士的。伯爵的军团由四百五十名骑兵和一千五百名步兵组成。他告诉部下，若当天不能战胜摩尔人，就听他号令撤出战场。当晚深夜，整个营地上的人们除哨兵之外都已熟睡，突然，天际闪出一道亮光，半空中飞来一条巨蟒，它浑身是伤，遍体滴血，口中喷吐火焰，发出嘶嘶声响，惊醒了所有的士兵。他们从营帐中夺路而出，东跑西窜，惊恐万状地乱作一团。费尔南·冈萨雷斯伯爵被他们的叫喊吵醒，可他还没出营帐，那条巨蟒就消失了。他让众将士不必如此惊惶，并告诉他们，摩尔人最擅长呼神弄鬼，甚至可以凭巫术把魔鬼请来助他们一臂之力。他说，肯定是摩尔占星家呼唤出这样的幻象来吓唬他们，但是，他们有圣雅各的保佑，完全可以与摩尔人、占星家和魔鬼一决高下。

在第一天的战斗中，费尔南与一位胆敢与他比试的强悍的摩尔人单打独斗。一番狠打之后，那摩尔人被杀倒，但伯爵也身负重伤，倒在尘埃，若不是他的部下将他团团围起，拼死抵抗，他不是被杀死就是被俘虏了。战斗持续了一整天，格斯提奥·贡扎罗和他的族人表现出惊人的勇气。费尔南伯爵把伤口一扎，重新跨上战马，在战场上来回飞奔，为将士们打气。可是他浑身泥血，嗓子嘶哑，喊不出声来。太阳渐渐落下，摩尔人仗着人多，继续鏖战。伯爵见暮色临近，便令吹号集结人马，向摩尔人发起总攻，把他们赶出了战场。然后，他把自己的人带回营帐，让他们好好休整，尽管他们那一晚是枕戈待旦。

第二天，天不亮伯爵就起身了，按虔诚的基督徒方式做完弥撒，抖擞骑士精神来到战马身边，亲眼看见战马已吃饱粮草，鞍辔整齐，随时准备上战场了。当天的战斗依然激烈艰难，双方都表现出巨大的勇气，也都遭受了惨重损失。

第一军团的首领、萨拉斯的格斯提奥·贡扎罗杀开一条血路，冲进摩尔人的阵中，对面迎上一位体形彪悍的摩尔骑士。两人以盾牌护身，奋力搏杀，但是，格斯提奥·贡扎罗命数已尽，那摩尔人杀了他，还砍倒了费尔南伯爵的一位外甥，以及好几位主要的骑士。

费尔南·冈萨雷斯伯爵冲上去与刚杀了他亲友的摩尔人拼杀。那摩尔人听说过，凡是与伯爵拼杀者无一生还，便想转身逃命，但伯爵愤怒出枪，一下便将他刺死于战场。

但是，摩尔人依然对伯爵的军队施展着巨大的压力，他们人数众多，几乎要击垮伯爵了。伯爵立刻祈祷出现预言中应允的奇迹，突然间，使徒圣雅各出现了，他率领一队白衣天使，手持红色十字架，向摩尔人冲去。摩尔人被对手的这一增援吓懵了，而基督徒这一边则见圣雅各现身，个个信心倍增。他们重新焕发勇气，向摩尔人冲去，迫使他们仓皇逃命。伯爵率军连续两天紧追不舍，杀捕不计其数。然后，他们回到战场，收拾好被杀的基督徒的尸体，将他们葬于阿尔兰扎的圣佩德罗教堂及其他隐修院。摩尔人的尸体则被堆积起来，覆以泥土，堆成一座小山。现在仍能在当年的战地看见这座坟丘。

有人认为，卡拉特拉瓦十字架就源自当年大战时天兵天将手持的十字架。

第十五章

伯爵被莱昂国王囚禁——伯爵夫人设法助其脱身——奥尔多诺王子
与伯爵第一次婚姻之女乌拉卡的婚姻使莱昂与卡斯蒂利亚结盟

这一场最为著名与神奇的战役之后，一位名叫阿塞法的摩尔人成了
费尔南伯爵的臣属。在伯爵和另一位名叫迪亚戈·姆尼翁的有钱有势的
卡斯蒂利亚骑士庇护下，他重建了萨拉曼卡和莱德斯马，以及托尔梅斯
河畔久已荒废的几处地方。

此时的莱昂国王拉米罗二世发现，摩尔人在自己的领地边界造起了
一连串的坚固城堡，他感到十分震惊，便亲率大军前往，要将摩尔人阿
塞法赶走。费尔南·冈萨雷斯伯爵生性高傲，见有人前来攻打他的摩尔
臣属，认定这是冒犯了他的尊严。于是，他以迪亚戈·穆侬为副将，率
领骑兵前往保护那摩尔人。这一次，他完全相信了自己，没想到要去向
圣徒或隐士讨教，结果，他的军队被拉米罗打败，他本人和穆侬都成了
俘虏。后者被绑上锁链，送往戈登堡，伯爵则被押到莱昂，被关进城墙
内的一处塔楼，该地至今仍被认为就是他囚禁的地方。[①]

此事一出，所有卡斯蒂利亚人都沉浸于悲伤痛苦之中，领地上到处
可以听到人们的悲叹，好像伯爵已死。不过，伯爵夫人却是一位无比坚
强的女性，她并未把时间浪费在流泪哭泣上。她立刻召集起五百骑士，
个个久经考验，对伯爵忠心耿耿。他们在宫中小教堂集合，向圣福音书

---

① 按《西班牙编年史》，囚禁伯爵的是国王"胖子"桑科，但向来比较谨慎的阿加庇达则按
其最喜欢的桑多瓦尔的说法，认为是拉米罗国王。——原注

起誓，要跟随伯爵夫人经历任何艰难险阻，为拯救主人，他们将按照夫人的一切指示行事。伯爵夫人率领着这支队伍趁夜悄悄出城，急速行军直到天亮，然后离开大路，走进山里，以防被人发现。抵近莱昂时，伯爵夫人命令队伍在萨摩撒山上的一片密林里停下，让他们隐藏起来，自己则扮作朝圣者模样，拿着棍杖箩筐，派人给拉米罗国王传话，说自己要去圣雅各朝觐，请他允许自己去监狱探望丈夫。拉米罗国王不但答应了她的请求，还率领一大队侍从亲自出城一里格之外前往迎接，以示敬仰。就这样，伯爵夫人第二次进入大牢去见铁链缠身的伯爵，像他的守护天使一般站在他面前。可是，一见伯爵所处的惨景和受到的羞辱，之前一直支撑着她的勇气顿时消失，泪水涌上眼眶。伯爵见了她十分高兴，又批评她不该流泪。他说："我们应顺从地接受上帝降于我们头上的一切。"

夫人接着去请求国王，她和伯爵在一起时，把他身上的枷锁除掉。国王再次答应了她的请求，让人替伯爵卸去铁链，还为他在监狱准备了一张上好的床。

伯爵夫人整夜与伯爵在一起，设计如何脱身。天亮之前，她将自己的朝圣服装和棍杖给了伯爵，伯爵便扮作他妻子的模样走出了囚室。外门的看守以为要出门的就是伯爵夫人，便请他等一下，自己要向国王报告以获得准许，但伯爵挤着嗓子对他说，别费事了，不然他得错过了朝圣。门卫根本没察觉真相，便打开了门。伯爵出了囚牢，来到伯爵夫人对他说好的一处地点，两位骑士正牵着一匹快马等候在那里。城门一开，三人就悄悄地出了城门，一走到城墙之外，策马朝萨摩撒山奔去。到了那里，伯爵领受了骑士们的一片欢呼，这些人之前按伯爵夫人的吩咐藏身于此。

天大亮后，看守走进费尔南的牢房，发现那里只剩下美丽的伯爵夫人，她的勇士丈夫不见了踪影。于是他将夫人押送到国王面前，控告她用伎俩让伯爵逃脱了。拉米罗国王大怒，问伯爵夫人怎敢如此行动。夫人回答道："我敢这么做，因为我眼见丈夫处境悲惨，我有责任解救他；我敢这么做，因为我是一位国王的女儿，是一位卓越骑士的妻子，因此，我相信您能以骑士精神对待我。"

国王感叹她的大无畏精神，说道："夫人，您所言所行完全证明您是一位高贵的女子，您为您的国土和自己的名誉增光添彩。"于是，国王下令以与地位高贵品行高尚的夫人相匹配的仪式，将她送回其丈夫那里。伯爵见夫人安然无恙地回来，大喜过望，两人走在骑士队列前头，和他们一起回到布尔戈斯，沿路受到人群的热烈欢呼。拉米罗国王希望与费尔南·冈萨雷斯伯爵修好，便提议通过婚姻使两家结盟，相互确保安全。伯爵听此十分高兴。他有一位女儿叫乌拉卡，是前一次婚姻时生下的，现在已到了谈婚论嫁的年纪。于是，两边就决定为她与拉米罗国王之子奥尔多诺王子举办婚礼，莱昂国与卡斯蒂利亚国的全体民众都对此联姻兴高采烈，因为它保证两家国土从此安宁。

第十六章

摩尔人入侵卡斯蒂利亚——圣伊斯特凡之战——帕斯卡瓦尔·比瓦斯及降临其身的奇迹——奥尔多诺三世之死

据安东尼奥·阿加庇达修士所言，在随后的几年时间里，这位最令人敬畏的骑士生涯中最著名、最值得称道的，都记录于各处修道院的档案文献中，它们记录了伯爵与其夫人桑卡以虔敬之心奉上的礼品与捐赠。

时光荏苒，拉米罗国王去世，由其子奥尔多诺三世继位，就是那位娶了费尔南伯爵之女乌尔卡的王子。奥尔多诺三世别号"可怕"，因为他不仅相貌可怕，性情也十分可怕。他有一位表弟叫桑科，其父是纳瓦拉国王加西亚，桑科别名"颤抖者"。这位桑科起兵攻到奥尔多诺领地的边界，试图夺取他的王位。桑科向舅父加西亚及冈萨雷斯伯爵求助，据说两人都答应了他的请求。可是，伯爵和"颤抖者"加西亚国王一上战场却支持了桑科一方。这看起来十分奇怪：伯爵居然起兵反击自己的女婿，奥尔多诺三世自然也觉得无法理解，他勃然大怒，把妻子乌尔卡一顿痛骂后赶回她父亲那里去，告诉伯爵说，既然他不承认自己的国王地位，那就别认他作女婿。

于是，莱昂国里内战纷起，奥尔多诺国王治下的那些不安分的臣民四起反叛，王国到处乱成一团。然而，奥尔多诺国王一个接一个地平定了叛乱，并成功抵挡住了加西亚国王和费尔南·冈萨雷斯伯爵的进犯，使两人无功而返。

据孔波斯泰罗的记载说，在这时间前后，基督徒之间罪恶的意见纷争使天降重罚于他们头顶。一团巨大的火焰，或一团火云，从领地上飘过，所到之处，城镇燃起大火，人畜都被烧死，恐惧与毁灭一路传播到海边。火云飘过萨莫拉，烧毁了一大片领地；它一路同样掠过赫雷斯城堡、布雷比斯科和潘·科尔沃，在布尔戈斯，它烧毁了一百间房屋。

阿加庇达说："基督徒相互残杀，而不是团结如兄弟，不去共同诛杀罪恶的穆斯林，上天见此，降下烈火以示天谴。"

这边基督徒之间相互残杀，那边摩尔人趁机派出大军侵入卡斯蒂利亚，直达布尔戈斯。奥多诺国王和费尔南·冈萨雷斯伯爵感到震惊，在共同危险面前两人和解，联合起来起兵反击摩尔人，不过没有证据表明奥尔多诺国王后来接回过被他送回去的妻子。两位王公的联军在圣伊斯特凡附近同摩尔人打了一场大仗。安东尼奥·阿加庇达修士说："此战得以流传，主要因战斗期间出现的那次奇迹。"这位修士以修士编年史家的热忱与诚信将此事详细记录于案。

当时，基督徒坚守在戈麦兹的圣伊斯特凡的一座城堡中，该地靠近杜罗河岸，而摩尔人则控制着戈麦兹堡，那城堡大约在河上游一里格之遥一处高耸的悬崖之上。

战斗于破晓时分开始。不过，费尔南·冈萨雷斯伯爵在走上战场之前，率领众骑士进入教堂，做首场晨祷。当时，伯爵手下有一位名叫帕斯卡瓦尔·比瓦斯的英勇骑士，他既勇敢又虔诚，战场上顽强，祈祷时恭敬。他给自己定下规矩，或者说，他曾庄重起誓，只要在清晨进入教堂，不做完全套弥撒决不离开教堂。

结果这一次，这位英勇而虔诚的骑士的决心可要受到考验了。当首场弥撒结束，伯爵与其他的骑士均起身，身披铠甲，走出教堂，从外面传来的号角声和战马铁蹄急速的踢踏声可知，他们已经上战场去了。可帕斯卡瓦尔·比瓦斯依然一身铠甲，跪在神龛前的地上，按习惯静候做完全套弥撒。当天上午的弥撒套数众多，一个钟头接一个钟头地往下做着，这位骑士就这样一直身披铠甲跪在地上，尽管手中紧握着武器，可虔诚的热情却使他连头都没转过一下。

在这段时间里，骑士的侍从一直站在教堂门外，牵着他的战马。侍从见伯爵与其他骑士都已离开，而自己的主人却还在教堂里，感到十分惊讶；而且，教堂地势较高，从那里可以看见基督徒正与摩尔人在下面的河滩上激战，甚至能听见远处传来的号角声和武器撞击声。他牵着的战马一听见那些声音，立刻竖起耳朵，喷吐鼻息，蹄子刨着地面，这高贵的战马显露出急于上战场的神色。可帕斯卡瓦尔·比瓦斯依然没有从教堂里出来。侍从有点生气了，为自己的主人感到十分难堪，他觉得，同伴们都在战场上拼杀，主人却留在教堂里，那不是出于虔诚，而是因为胆怯。

弥撒终于结束了，帕斯卡瓦尔·比瓦斯刚打算走出教堂，只见几位骑士朝山坡上飞奔而来，一路高呼着胜利的口号，原来，战斗已经结束，摩尔人被彻底打败了。

帕斯卡瓦尔·比瓦斯听见了胜利的呼喊，心里左右为难，不敢离开教堂，更不敢去见伯爵。他心里暗想："我肯定会被人觉得是一个懦夫骑士，一见危险就藏了起来。"可是，很快就走来了几位骑士同伴，招呼他前去见伯爵，他心里一阵惊跳，可同伴们却高声赞美他的勇气和功绩，说今天的胜利要归功于他在战场上顽强拼杀。这位骑士觉得他们一定是在嘲弄他，便更加的沮丧起来，满心慌张地来到伯爵面前。可他再次受到赞扬和关切，这使他大为震惊，依然觉得那是在嘲讽自己。然而，等人们讲述了发生的事情，在场所有人都满心感觉神奇，原来这位骑士好像分身两处，既在教堂，又出现在战场。他的确跪在了教堂神龛前，他的战马在教堂门口踢着地面，但同时，在战场上拼杀最惨烈的地方，出现了一位和他一模一样的武士，举着同样的武器，戴着同样的纹章，骑着同样的战马，将整队的摩尔人杀得人仰马翻，然后纵马冲到敌方的旗阵上，杀死旗手，夺过敌人的大旗凯旋。他身上的盔甲和紧身防护内衣被砍成碎片，战马也浑身是伤，但他依然拼杀不止。这场胜利，主要就归功于他的无比勇气。

更神奇的是，这位勇士及其坐骑在战场受到的所有伤，在帕斯卡瓦尔·比瓦斯的盔甲、紧身防护内衣及战马上都留下了同样的痕迹，看上去就像他本人在最惨烈的战阵上拼杀过一样。

此事现已由几位当时随军作战的修士做了很好的解释，他们颇擅解谜当年那些圣战中每日出现的奇迹。他们认为，帕斯卡瓦尔·比瓦斯受到了神助的奇迹，他坚持做祷告而不上战场的虔诚，不会让他像罪人那样蒙受耻辱，而使一位天使变作他的模样替他上了战场，他在祷告，天使在拼杀。

修士解释完，所有在场的人内心都充满虔诚的敬慕，帕斯卡瓦尔·比瓦斯不再被赞美为武士，而更接近为圣徒了。[①]

此战之后，奥尔多诺三世国王未能活得太久。他在归途中刚抵达萨莫拉便染上致命疾病，很快便去世了。他的王位由弟弟桑科继承，就是此前试图将他拉下王座的那位。

[①] 另一件几乎完全一样的奇迹发生在同一地点，当事人是名叫费尔南·安托勒内兹的骑士，他侍奉加西亚·费尔南德斯伯爵。阿加庇达修士确信，两位骑士身上肯定发生过同样的奇迹。他说："因为在那个时候，人们迫切需要奇迹，类似的奇迹便不断重复发生。"圣雅各不断现身的奇迹与此几乎完全相同，他现身以拯救基督徒军队，使他们免遭被打败的厄运，并使他们在与异教徒的战争中赢得神奇的胜利。笔者发现，这样的记载在《西班牙编年史》中到处可见。——原注

第十七章

"胖子"桑科国王——他要求费尔南·冈萨雷斯伯爵效忠——他要买下后者的骏马与猎鹰的奇怪要求

桑科国王即位时,在莱昂召集大会,命全国所有位高权重者及与他有盟约的王公前往向他表示效忠与臣服。莱昂朝极其在意自己对卡斯蒂利亚的主权,费尔南·冈萨雷斯伯爵的缺席便使国王非常不满,他接连派出信使,催促他必须出席大会。伯爵生性骄傲,十分看重卡斯蒂利亚的独立,不愿意以表示效忠臣服的形式去亲吻任何人的手。最后,伯爵不得不压下自己的强烈反感,前往朝廷,但他的仪仗却如国王一般,随行人马十分壮观,如君主出行巡视各处领地。

他走到莱昂城附近时,桑科国王以盛大的礼仪出城迎接,两人表面上以朋友相见,心里却各怀敌意。

费尔南伯爵率领一大队锦衣华冠、威风凛凛的人马进入莱昂城,成了人人交口相传的话题,可是最引人注目的,却是他手上托着的那只训练精良的猎鹰,还有他胯下的那匹血统纯正的阿拉伯骏马,那马是他在同摩尔人的战争中缴获的。桑科国王按捺不住要拥有那猎鹰与骏马的欲望,提出向伯爵买下它们。费尔南伯爵傲然回绝了与国王做这笔生意的要求,但提出可以作为礼物送给君主。国王同样拘泥细节,不愿意接受进赏。不过,君王一旦对一物起了欲念,很少有得不到的时候,费尔南伯爵意识到,为保和平考虑,他不得不交出猎鹰和骏马。不过,为保护自己的尊严,他提出了一个与自己地位相当的价格,他说,如果像普通的下层人那样出价,与他的骑士身份不符。因此,他提出要在规定日子拿一千银元来换取骏马与猎鹰，若当天未能交付，则价格翻倍，以后每迟一天价格均翻一倍。国王爽快地答应了这一条件，还写下了书面条款，当着证人面签字画押。国王就这样拿到了骏马猎鹰，但后来发生的事情说明，他耽于欲望，将为此付出沉重代价。

桑科一世对阿拉伯骏马的强烈欲念尤为奇怪，因为他体形肥胖，根本无法骑到马上。他也因此得外号"胖子桑科国王"。也许是因为他体形离奇地肥胖，他很快就失去了臣属武士的拥戴，他们觉得他就是个饕餮王，压床货，根本不合适统帅骑马踏镫、宁上战场不上餐桌与睡床的人们。

桑科国王明白，他很快就得用艰苦的战争来保住自己的王位，要是连马都骑不了，他怎么能具备勇士的形象。焦虑之下，他去拜见舅舅，即体形精瘦、外号"颤抖者"的纳瓦拉国王加西亚，向他请教如何才能治好自己这一身麻烦的肥胖症。"颤抖者"加西亚一脸茫然，他哪里有什么妙方，他那精瘦的体形原本就是上天所赐。不过他还是建议桑科去见西班牙哈里发及科尔多瓦国王阿夫德拉赫曼，说自己与阿夫德拉赫曼和平相处，关系融洽。加西亚让桑科向阿夫德拉赫曼求教，并寻找居住在科尔多瓦的阿拉伯医生来帮助治疗。他说，摩尔人多瘦削好动，而阿拉伯医生则比其他人更擅长治疗疑难杂症。

于是，"胖子桑科国王"事先向这位摩尔哈里发发送去友善的口信，随后便拖着自己肥胖的身躯尽可能快地出发上路。他受到了摩尔君主的热情款待，在科尔多瓦住了很长一段时间，不辞辛劳地进行着减肥治疗。

肥胖的国王正日见消瘦，国内臣民却爆发了不满，费尔南·冈萨雷斯伯爵借机挑动叛乱，将外号"坏人"的莱昂国王奥尔多诺四世推上了王座。奥尔多诺四世是三世国王的族人，伯爵就是把女儿乌拉卡嫁给了他，却被他赶回家去的。

费尔南·冈萨雷斯伯爵以为与奥尔多诺结盟加强了自己的力量，况且女儿乌尔卡再次回到莱昂，地位比前一次更加稳固，可是他完全错了。桑科一世从科尔多瓦归来，还率领着一支强大的摩尔人大军，而且现在再也不能叫他"胖子"了，因为他遵从了那位哈里发的建议和阿拉伯医生的疗法，已成功减肥，手按前鞍便能翻身上马。

奥尔多诺四世生性孱弱。桑科国王大军逼近，而且桑科已神奇地变得体形瘦削，身手敏捷，他一听此消息便惊恐万状，丢掉王座，再次丢下妻子乌尔卡，往阿斯图里亚斯山里逃去，不知所终。也有人说，他在半途上被摩尔人截下，乱枪刺死了。

第十八章

骏马猎鹰之下文

桑科一世国王重返王位，他瘦削的体形与矫健的骑术也赢回了臣属的支持，于是他派人给伯爵传话，措辞严厉地命令他前去朝廷，不然就辞去伯爵头衔。伯爵对此命令十分愤慨，也担心若真去莱昂，会遭遇侮辱甚至伤害。他把国王的诏令告诉了众骑士，听听他们如何说。大多数人都劝他万不能前往，不过费尔南伯爵认为，即使他觉得此行风险很大，有被囚禁甚至掉脑袋的可能，但他不能破了几代卡斯蒂利亚伯爵的规矩，不能对国王有不忠之举。因此，他留下儿子加西亚·费尔南德斯掌管众臣，只带了七位骑士动身前往莱昂。

来到城门口，未见通常出城来迎接他的队列。他觉得这不是个好兆头。他来到国王面前，本应前去亲吻国王的手，可国王却把手撤了回去。国王责骂伯爵自大自负，心怀不忠，竟不参加他召集的大会，还企图谋取他的王位，因此，他必须忏悔，必须起誓效忠，否则别想离开宫廷。

伯爵竭力为自己开脱，说之所以未前来参加大会是因为惮于之前在莱昂遭受的背信弃义之伤。至于国王对他的所有指责，他愿一一悔过，但条件是国王必须首先按当初他亲笔签字还盖上国王印章的书面协定，把自己上一次到莱昂时卖给他骏马与猎鹰的款子付给自己。此时离说好付款的日子已有三年，应付的数额按商定的规矩每日翻番。

两人气哼哼地分手，伯爵回到住所，国王为保住君王颜面，叫来总管，命他从国库里取出一大笔钱财如数交付给卡斯蒂利亚伯爵。于是，总管便带着一大袋财宝去见卡斯蒂利亚伯爵，以交付当年买骏马和猎鹰的款。可当他仔细一算，从规定付款日到此时已有三年，每天一翻倍，就算总管精通算术，那数字也让他惶然乱了方寸，赶紧回去禀告国王，说全天下的财宝也不够还债。桑科国王完全懵了，不知道该怎么还债，因为那数字够把他毁上好几回的。他对那一次交易悔恨不已，终于明白，哪怕贵如君主，也做不得马的生意。

与此同时，伯爵获准返回卡斯蒂利亚，可这件事他没有就此罢休。他对自己在莱昂受到的责骂愤愤不平，便派人给国王传话，催他交付买马和鹰的款子，还威胁说要是不交，就要来掳掠财物充当赔偿。他并未得到满意答复，便侵入莱昂王国，劫走了一大群牛羊。

这一下，桑科国王意识到，伯爵是个胆大妄为逼着讨债的家伙，不可等闲视之。无奈之下，他召集王国的上流阶层人士，向他们讨教如何处理这一燃眉之急。可他的谋士们也和他一样不知所措，不知道该如何在国王的神圣诺言与巨大的债务之间寻求出路。商量许久，他们建议妥协：费尔南·冈萨雷斯伯爵放弃债权，作为交换，解除他的臣属关系。

伯爵对此十分满意，立刻答应，从此不必再做进贡，更不必认世上任何人为君主而时时亲吻其手。就这样，桑科国王为一匹马一头鹰付出了一个臣属国的代价，就这样，卡斯蒂利亚人通过一次绝妙的卖马交易，从此摆脱了对莱昂王国的臣属地位。①

---

① 见阿隆佐的《编年史》，第 3 部第 19 章。——原注

第十九章

费尔南伯爵的最后一次战役——他的去世

此时，费尔南·冈萨雷斯伯爵年事已高。年轻的热血已然冷却，壮年的傲气与雄心也已成往事；现在他考虑的，已不再是建造宫殿城堡而是坟墓，想着该如何建造他在尘世的最后一处住所，即墓穴。

在为自己建造墓穴前，他先为第一任妻子建造了一所工艺精致的墓穴，那妻子是他早年所爱，现在他将其遗体安放于墓穴中，还进行了庄严的仪式。他自己的墓穴则按此前的承诺，建造于阿尔兰扎河畔的圣佩德罗小教堂隐修地，就是他首次遇见佩拉约修士的地方。墓穴完工后，他只在上面刻了"Obijt"①一词，剩下的让其他人在他死后补上。

摩尔人发现那位曾经在战场上叱咤风云的费尔南·冈萨雷斯伯爵现已年老力衰，正忙着为自己建造墓穴而不再是城堡，便觉得再次入侵卡斯蒂利亚的时机来了。于是，他们纠集大军，穿过边界，所到之处寸草不留，要到狮王面前拔胡子了。

这位昔日枭雄早已放下刀枪收起铠甲，几乎不理世事了，但尽管他已徘徊于墓穴边缘，摩尔人的战鼓军号声依然将他唤了回去。他再次披上铠甲，跨上战马，召集起和他一样经历了百千次战阵考验的卡斯蒂利亚骑士，身边辅佐他的是完全继承了他英勇精神的儿子加西亚·费尔南德斯，全军出发迎击来犯之敌。一路上他们受到民众的高声欢呼与祝福，人们眼见他再次披甲执枪，重新焕发出当年的英勇，

---

① 亦作"Obiit"，拉丁文，意为"他（她）已离世"。

个个欢欣鼓舞。

这时，摩尔人正带着大肆掠劫到手的财物，驱赶着一大群牛羊往回走，突然发现远处尘土飞扬中冲来一队全身铠甲的骑兵，从高高飘扬的那面银十字旗便可知，是费尔南·冈萨雷斯伯爵来了。这位身经百战的勇士像往常一样，手持刀剑，冲在队伍最前面。敌人一见那面战旗便已心惊胆战，伯爵只一阵奋力冲杀，他们便四下逃窜，但伯爵紧追不舍，直到他们逃进科尔多瓦城堡。他用刀剑烈火将周围地区洗劫殆尽，在摩尔人首府大肆炫耀之后，胜利回到布尔戈斯。

安东尼奥·阿加庇达修士说，"这就是这位无比英勇的骑士一生最后一次战役"，此后，他将所有尘世的征战事业托付给儿子加西亚·费尔南德斯，并如他所云，将自己的所有思绪转向天上的战役。言谈之中，他的语气仍然是一位身经百战的勇士，毕生戎马，但话题已不再是人世间的战争或王国。他只谈天上王国，谈自己该如何成功进入那片有福之地，并在那里获得永久的继承权益。

在为自己的精神战役做准备时，他和当年为尘世之战做准备一样的不知疲倦。不过，这时已不再有披甲勇士在朝上来回走动，听见的也不再是城墙内回响着的战马嘶鸣和号角声声，他现在看见的，是神圣的牧师和赤脚的修士在来回走动，大厅里回响着的是诵经祈祷和赞美诗的圣乐。这位虔诚骑士的所作所为，特别是他在精神谋士指导下向教堂修道院奉上的丰厚献礼，都让上天十分欣喜，便降下神示，使他预见自己舍弃尘世烦劳进入永憩之殿的时日。

伯爵明白时间已近，便准备好走向自己虔诚基督徒的最后时刻。他用极其卑微的口吻给莱昂国王和纳瓦拉国王写信，请他们宽恕自己往日的不敬与冒犯，请他们为了基督世界而确保和平相爱，为捍卫共同信仰团结一致。

上天指定日期十天前，他派人请来阿尔兰扎教堂和修道院的道长，在他面前屈下年迈僵硬的膝盖，忏悔了自己所有的罪。做完了这件事，他开始安排自己一生最后一次向墓穴走去的盛大游行，就像他此前安排过无数次在尘世的盛大游行一样。他请道长回到修道院，收拾好墓穴准备接受他前往，并请圣塞巴斯蒂安、塞洛斯和基尔塞的各位道长率领一应教士，在指定日子前来护送他的遗体，这样，当他经受忏悔者之手将灵魂送上天国之时，可经众虔诚之人的手将自己的肉体送入地下。

道长走后，伯爵请众人退下，独自穿上教士的粗布衫，开始颂念祈祷上天宽恕他所有的罪错。他一生与信仰之敌英勇拼杀，至死仍在与灵魂之敌奋战。他死时十分安详自如，没有呻吟，没有抽搐，用英雄骑士的平静交出了自己的灵魂。

据说，他死时，人们听见上天传来封他为圣徒的声音，而在全西班牙，人们悲痛哭泣，都证明他在尘世是多么受人敬爱。根据他的遗愿，他的遗体由一队教士在庄严的悼亡诵诗声中护送至阿尔兰扎河畔的圣佩德罗修道院。他的遗体至今仍安放在那所修道院里，修道院里还有两幅画，一幅画的是伯爵与摩尔人奋勇拼杀，另一幅是他与圣佩拉约和圣米兰的交谈，这两人就是在哈齐纳斯之战前夕向他显身的圣徒。

他作为军旗用的十字架依然保存在修道院的宝物室里。十字架用纯银锻成，两厄尔①长，上刻救世主形象，顶端有四个哥特体字母：I.N.R.I.②。十字架下部是亚当从坟墓中醒来的图像，上刻圣保罗的话"沉睡之人，醒来吧，从墓中起身，基督将赐汝生命"。

这尊十字架的底部构造，依然保留着当年旗手将它置于马的前鞍的样子。

安东尼奥·阿加庇达修士说："圣徒与加封圣徒的骑士们留下的遗物价值无可估量。"后来，当别名"圣徒"的费尔南多三世前往征服塞维利亚时，他随身带了一块这位受三重祝福并英名卓著的骑士的骨头，

---

① 一厄尔约合 114 厘米。

② 常见于十字架上的缩写，全文为"Iesus Nazarenus Rex Iudaeorum"，意思是"拿撒勒人耶稣，犹太人之王"。

还带上了他的战刀和战旗，希望靠它们保佑自己出征胜利，而他并没有失望。不过最神奇的是，据权威的桑多瓦尔修士说，就在圣徒费尔南多国王凯旋进入塞维利亚那天，在阿尔兰扎的伯爵墓穴里传出巨大的声响，好像安葬在那里的遗骨都在为被国王带上战场并取得胜利的那块遗骨而欢欣鼓舞。

最英勇卓著的卡斯蒂利亚伯爵费尔南·冈萨雷斯之编年纪至此告终。赞美上帝。

————————————————— "圣徒"费尔南多纪传 —————

第一章

费尔南多之身世——贝伦格拉王后——拉腊家族——阿尔瓦对亨利国王死讯密而不报——贝伦格拉王后往见阿尔方索九世——她将卡斯蒂利亚王位传于儿子费尔南多

费尔南多三世别号"圣徒",是莱昂国王阿尔方索三世与卡斯蒂利亚公主贝伦格拉的儿子,不过,有必要先厘清其身世中的一些细节,然后再入正题,讲述其个人历史。

莱昂国王阿尔方索三世与卡斯蒂利亚国王阿尔方索九世是堂兄弟,但两人之间存有嫌隙。莱昂国王为加强自己的势力,娶了叔父葡萄牙国王之女特蕾莎公主为妻,并与她生下两位女儿。这一段婚姻被教皇切莱斯廷三世宣布无效,因为两人是近亲。两人执意而为,便被逐出教会,整个王国被置于禁令之下。结果,他们于1195年被迫分手。阿尔方索三世很快再娶,并与其堂兄卡斯蒂利亚国王阿尔方索九世再起嫌隙,最后,前者迎娶后者之女贝伦格拉公主,嫌隙终得消弭。这第二段婚姻发生于阿尔方索三世离婚三年之后,但出于同样的缘由被教廷宣布无效,因为两人血缘实在太近了。可教皇的命令再次受到抵制,胆敢抗命的双方再次被革出教会,王国也再次被置于禁令之下。

这一次,倒霉的莱昂国王更加不愿意放弃这段婚姻,因为王后贝伦格拉给他生下了好几个子女,其中一个他希望有朝一日能继承莱昂与卡斯蒂利亚的两个王位。

由于卡斯蒂利亚主教们的调解求情,教皇怒气平息,于是达成了一项妥协:父母虽然离婚,儿女的合法权益不受影响,长子费尔南多,即本纪传之主人公，被认可拥有继承其父的莱昂国王王位的权利。离婚后，贝伦格拉王后离开在莱昂的费尔南多，于1204年回到卡斯蒂利亚，留在她父亲阿尔方索三世的宫廷上，直到父亲于1214年去世，王位由其子恩里克或称亨利一世继承。当时恩里克年方十一岁，遂宣布其姐即前王后贝伦格拉为摄政。贝伦格拉天性智慧，处事谨慎，决心果断，品德高尚，完全无愧于此信任。

在此期间，拉腊家族权势日增。该高傲好战的家族有三兄弟，阿尔瓦·努内斯、费尔南·努内斯和贡扎罗·努内斯。拉腊家族在亨利的父亲年少时期便给王国制造了不少麻烦，硬是登上了摄政的地位，此刻，他们企图以同样的方式将其尚且年幼的儿子的保护权夺到手中，他们声称，这一位置责任重大，不能托付于女人。拉腊家族在贵族中势力强大，我行我素，还买通了贝伦格拉的近臣，终于达到自己的目的，而品德高尚的贝伦格拉为避免内战，将摄政地位交给了那野心勃勃的家族的首领阿尔瓦·努内斯。不过，她事先命努内斯跪下，起誓做年轻国王恩里克的真正朋友与忠诚的臣仆，使他免受任何伤害，同时，要尊重私人财产，未经与贝伦格拉王后商议并得到其同意不得采取任何重大行动。另外，他必须尊重贝伦格拉王后从父亲那里继承而来的财产，对她待以君主之礼，因为她是已故国王的女儿。所有这一切，阿尔瓦·努内斯都在神圣福音书及十字架前庄重发誓。

可是，他一旦将年轻的国王置于自己掌控之下，立刻显露出他天性中的野心、贪婪和不可一世之气。他强使年轻的国王册封他为伯爵，诱使他召集王国议会却不让贝伦格拉王后参加，以国王名义颁布诏书将自己无法控制的贵族驱逐出境，将他们的职位和土地尽数分给自己的几位弟弟；无论贫富，他一律派征捐税，更让人难以容忍的是他竟把捐税摊到了教会头上。贝伦格拉王后对此强烈指责，托莱多教长大发雷霆将其革出教会，可都没有丝毫用处。他对两人不屑一顾，觉得自己以国王之名，势力无边。他甚至以年轻国王的名义给贝伦格拉王后去信，要她交出她父亲留给她的所有城堡、市镇与河港。王后见信万分伤心，向国王回复说，当她与他相见，会当着这位弟弟兼国王的面，按他的意思交出所有这些财产。

年轻的国王得悉此回复甚为震惊和愤怒，竟然有人以他的名义提出如此要求。但他此时尚且年轻，经验不足，无法与强势的阿尔瓦做公开的抗争。于是他给王后送去密信，向她保证自己对那要求毫无所知，并表示若能前去她那里，摆脱阿尔瓦的束缚，自己将感到万分高兴。

就这样，这位不幸的君王成了气势高傲目空一切的贵族手中的工具，他们将各种灾难和折磨撒向臣民。阿尔瓦时刻裹挟着他，走遍领地各处，以他的名义将新的暴政横加于众人头上。他甚至企图安排年轻的国王与邻近国家的公主结婚，以进一步加强自己对他的影响。不过在这件事情上，他并未成功。

他以这样的邪恶手段控制了年轻的国王达三年之久，直到1217年。当时，国王正与他一起在帕伦西亚，在一处圣公会教堂的院子里与几位年轻伙伴游戏，不巧，一块瓦片突然飞来，也许是从塔楼的屋顶掉下的，也许是他的一位玩伴扔过来的，瓦片砸中他的头颅，他顷刻间倒地身亡。

这对阿尔瓦来说不啻一次致命打击。为不引起公愤，他决定对国王身亡一事尽可能久地秘而不发，悄悄将国王遗体运到塔利耶戈要塞，谎称国王要在那里稍事休息，随后不时以国王的名义发布消息，为他在公众面前消失制造各种借口。

很快，贝伦格拉王后就得知了事实真相。按卡斯蒂利亚法律，她是王位的女继承人，但是她决定将王位传给儿子费尔南多，由于费尔南多同时拥有莱昂王位的继承权，他可以将两个王国同时置于自己统治之下。为实现自己的计划，王后利用了敌人的狡诈，假装自己对弟弟之死毫不知情，派出三位心腹骑士比斯开的洛普·迪亚斯·德哈罗、贡萨博·鲁伊斯·希龙和阿隆佐·特雷斯·德梅内西斯，让他们往见她的前夫莱昂国王阿尔方索九世，而此时，莱昂国王正与她的儿子费尔南多一起在托洛。王后让三位骑士请国王将她的儿子送回以保护她免受阿尔瓦的暴政侵害。不过，这位谨慎的母亲并未让阿尔方索国王知道她弟弟的死讯，以免唤醒其对卡斯蒂利亚王位的野心。

派出使者之后，王后带着自己的骑士动身前往帕伦西亚。恩里克国王的死讯已经传出，她既被尊为卡斯蒂利亚王后，泰罗主教率领众人前往迎接。第二天，她向杜埃纳斯城堡挺进，守卫稍作抵抗便放弃了，于是她一举拿下该城堡。

随王后出征的骑士们觉得，阿尔瓦人多势众，通过其盟友及臣属控制着主要的城镇与要塞，同时，这位不可一世的贵族不会听从任何建议，一心要将费尔南多王子掌控在自己手中，像此前的恩里克国王一样。因此，骑士们试图让王后与阿尔瓦达成妥协。

此时，贝伦格拉王后的请求得到其前夫莱昂国王的准许，儿子费尔南多匆匆赶回与母亲会合。两人在奥提埃拉城堡见面，忧心忡忡的母亲再次将儿子拥在怀中，心情万分喜悦。骑士们按她的命令，将费尔南多扶坐上当国王宝座的榆树桩，众人向这位国王高声欢呼。

然后，他们继续向巴拉多利德进发，当时该地是一处人口众多、生活富足的城镇。在那里，埃斯特雷马杜拉的贵族与骑士热切地向她表示忠诚与敬意。人们在集市上搭建起一座高台，贵族们全体聚集在那里，宣布承认她为女王，并向她宣示效忠。贝伦格拉立刻当着众贵族、高级教士和民众的面，宣布将王位传于儿子。人群中立刻响起"卡斯蒂利亚国王费尔南多万岁"的呼声。主教与教士们将登基的国王引进教堂。此事发生于 1217 年 8 月 31 日，前国王恩里克去世约三个月之后。

此时，费尔南多年方十八，但已是一名优秀的骑士，君王与战士所需的各种技艺他样样精通。

第二章

莱昂国王阿尔方索掠劫卡斯蒂利亚——阿尔瓦被捉——拉腊兄弟覆灭

莱昂国王阿尔方索发现，儿子费尔南多偷偷摸摸离开自己，而自己却对亨利国王之死完全蒙在鼓里，这使他极其愤怒。他觉得，贝伦格拉将王位传给儿子，是企图避开他——阿尔方索国王可能对她拥有的权益，尽管两人已经离婚。他这么想，也并非没有道理。更使他愤怒的是母亲和儿子竟然共谋欺骗他，而且还成功了。阿尔方索国王此次的极度愤慨与敏感，也是完全有道理的。他一生在最重视的事情上受到多次挫败，在教皇革除令下先后失去了两位妻子，现在，他竟然又被哄骗着丢了一个王国。

盛怒之下他选择了动武。这在当时是国王们习惯的招数，他们无需征求他人意见。于是，他不顾神职人士的竭力请求与劝阻，率领大军进犯卡斯蒂利亚，在他儿子合法继承的土地上大肆掠劫，简直像在敌人的领地上一样。他的行为还得到了阿尔瓦·努内斯伯爵和他两个好战的弟弟的支持，这三人企图借此机会保住自己的势力。

此时，年轻的国王麾下有整整两千名骑士，个个意志坚定，装备精良，准备充分。他们催促费尔南多率领他们上阵与莱昂国王决战。但贝伦格拉王后劝阻了他们，说儿子决不能犯下与父亲开战的不敬之罪。费尔南多国王听从了母亲的劝告，派出使者前去见父亲，劝谏他息怒，告诉他，他应该感谢上帝，卡斯蒂利亚仍然在他儿子手中，而没有落到可能成为危险的敌人的手里，同时，这位儿子将永远尊敬并保护父亲。

可是，阿尔方索国王并未被说动。他让使臣带话回去，说要与贝伦格拉重续婚约，说可以为此向教皇求得特许。这样，他们就可以同时君临卡斯蒂利亚和莱昂，他们的儿子费尔南多便可同时在两个王国称王。但德性崇高的贝伦格拉婉拒了第二次婚姻的建议，她回答说："若是我回到那有罪的婚姻，上帝不允。至于卡斯蒂利亚王位，它现在属于我儿子，我是在上帝应允和本国贤人同意下将王位传给他的。"

得到如此回复后，阿尔方索国王更加愤怒，便在阿尔瓦伯爵及其随众的怂恿支持下，再次入侵卡斯蒂利亚，大肆掠劫，烧毁村庄。他本来还想攻击杜埃内斯，但发现那地方有迪亚戈·洛佩兹·德·哈罗和鲁伊·迪亚斯·德·洛斯卡梅罗的重兵把守；他随后向布尔戈斯进犯，发现那地方同样有洛普·迪耶兹·德·法罗和其他卡斯蒂利亚精壮骑士的把守。他意识到，儿子王位已稳，无论他如何威胁骚扰都将无济于事，只好悻悻然地返回自己的王国。

费尔南多国王听从母亲的命令，也听从了自己内心的意愿，决不对父亲采取任何报复的行为，但指挥军队攻打姆尼翁、莱尔马和拉腊，以及其他或属于或臣服于阿尔瓦伯爵的地方，讨伐得胜之后，他班师回到自己的首府布尔戈斯，主教与神职人士用庄严的仪式对他表示欢迎，卡斯蒂利亚各地的贵族骑士都赶到他王座前向他宣示效忠。好战的阿尔瓦·努内斯伯爵及其弟弟还占据着一些坚固的要塞，一时不易攻取，他们拒绝效忠，反而在王国各地烧杀掠劫。谨慎多谋的贝伦格拉在布尔戈斯时就看出，王国里的麻烦和战乱会使开支剧增而岁入锐减，就拿出自己所有的金银珠宝、绫罗绸缎及其他值钱之物，将它们全数变卖，把变卖所得全部交给儿子以稍补内战的花费。

不久，费尔南多与母亲一起动身前往帕伦西亚，他们必须途经埃雷拉，那地方当时是阿尔瓦伯爵的堡垒。费尔南·努内斯伯爵率领自己的军团在河岸上摆开阵势，眼见国王的人马渐渐走来，他便退回城堡。因为要率队在城堡近处经过，国王便命令自己的军队注意保持队列，并将命令阿隆佐·特雷斯、苏尔·特雷斯和阿尔瓦·鲁伊斯三人负责守住侧翼。

国王的队伍越走越近，阿尔瓦伯爵把大部队留在城堡里，自己带着几个骑士出城，监视国王队伍经过时的情形。伯爵对年轻国王及其骑士相当蔑视，便与区区几个护卫一起站在一处高地上，面带不屑的神情看着从下面经过的队伍，对劝他退回城堡的人不理不睬。

国王与贴身侍卫走到近处，注意到河岸高处有一小群傲气十足的骑士正居高临下地看着他们。阿隆佐·特雷斯、苏尔·特雷斯仔细一看，认出阿尔瓦伯爵就在其中，立刻率领几位骑士催马飞冲上河岸高地。阿尔瓦伯爵发现来者势众，来不及后悔自己的自信，赶紧调转马头企图逃回城堡去。但是，高傲的心气不允许他在光天化日之下全力逃命，结果，追赶他的人们很快就赶了上来。他跳下马，用盾牌护住身体，准备决一死战。不过，阿隆佐·特雷斯命令手下不得伤害伯爵的性命，只需将他拿下。就这样，伯爵和他的几个随从被活捉，送到国王与王太后面前。伯爵非常担心要为自己过去的行为受到报复，可国王与太后并未对他实施人身伤害，只要求他交出他和他弟弟的属臣所控制的所有城堡据点，他必须派出一百骑兵保证此事的实施，直到这些地方全数归于国王之后，他才能获得释放。

被捕一事对阿尔瓦伯爵的傲气不啻沉重的一击。他答应了上述所有条件，在条件得到满足之前，他被置于贡萨尔沃·鲁伊斯·希龙的监守之下，关在巴拉多利德城堡中。条件中提到的所有地方在数月中全部交出，费尔南多国王因此实现了对王国强有力的控制。

阿尔瓦伯爵和他的弟弟被剥夺了权力地位和财产，他们试图挑唆莱昂国王再次出兵征讨自己的儿子，但徒劳无功。此后，三兄弟在绝望中不停地进行小规模掠劫，骚扰四乡，直到阿尔瓦伯爵染上了致命的水肿病。此时，他满心悔恨，意气消沉，前往托洛，皈依了圣地亚哥的骑士派教派，希望能以此获得教皇对此教派中人去世时颁布的特赦。据一位古编年史家说，他还希望上帝因他获得特赦而宽恕他的罪恶。①他的病情拖了七个月，至此他已一贫如洗，死的时候竟连将遗体送往自己指定的安葬地乌克勒斯的钱都不够，也无法支付葬礼所需的蜡烛钱。贝伦格拉王太后得知此情，亲自掏钱，下令要隆重举行葬礼，还送去了一块金丝布用以覆盖灵柩。②

阿尔瓦伯爵的弟弟费尔南多③在绝望中弃国前往摩洛哥，受到哈里发的接待，获赠土地和岁入。他在摩尔人中广受喜爱，常对他们讲起自己在卡斯蒂利亚内战时的战绩。后来他身患重病，便让人把他送到郊外一处基督徒居住的地方。当时那里恰好有一位名叫贡萨尔沃的人，他是圣贞德慈善院教派的骑士，曾为教皇英诺森三世服役。费尔南多感觉自己气数将尽，便请求那位骑士把僧袍给他，让他可穿着僧袍死去。骑士答应了他的请求，因此，费尔南多死时身份为马洛戈郊外埃尔博拉的圣贞德慈善院骑士。随后，他的遗体被送往西班牙，葬于比苏尔加河畔的一座小镇，他的妻儿同样也葬在那里。

三兄弟中的最小一位，贡扎罗·努内斯伯爵也逃到摩尔人那里避难。他在巴埃萨城里染上暴病，死于当地。他的遗体被送到属于圣殿修士教的坎波查默斯，那里的修士们为他的遗体进行了庄重的入穴仪式。就这样，拉腊家族威及一时的三兄弟全数死去，他们的叛逆之举不仅对王国造成伤害，也最终导致了自身覆灭。

---

① 见《哥特人编年史》，阿隆佐·努涅斯·德卡斯特洛著，第17页。——原注
② 《西班牙编年史》，第3部第370页。——原注
③ 即费尔南·努内斯。

第三章

费尔南多国王结婚——对摩尔人开战——巴埃萨国王阿本·莫哈迈德宣布效忠费尔南多国王——他们向哈恩进发——焚烧塔楼——费尔南多开始修建托莱多大教堂

费尔南多国王在母亲的智慧辅导下，以平安公正治国多年。此时，贝伦格拉王太后开始为儿子寻找合适的婚姻之盟，并多次向布尔戈斯主教莫里斯及其他神职人士请教。反复商量之后，他们认定已故日耳曼皇帝菲利普之女贝阿特丽丝公主是合适人选，便派出莫里斯主教和阿尔兰扎的佩德罗修士作为使臣，前去与公主的堂兄弗雷德里克二世皇帝谈判。谈判结果皆大欢喜，公主动身前往西班牙。途经法兰西时，公主在巴黎受到法王菲利盛情款待，法王还赠送了她丰厚的礼物。走到卡斯蒂利亚边境时，公主受到王太后贝伦格拉的迎接，随太后而去的还有一大队高级教士、修士、各教派人士、女修道院院长及众修女，还有威风凛凛的骑士队伍的护卫。众人将公主迎进布尔戈斯，国王率众朝臣前往迎接，两人在盛大的欢庆仪式上举行了婚礼。

费尔南多国王与贝阿特丽丝王后一起生活快乐，王国上下一片平和。但是，他逐渐对这样的安宁感到有点不耐烦，急切地要向摩尔人开战。也许是因为他觉得平生应建立战场功绩，以响应上天的召唤。他在婚礼前一天，在拉斯维尔戈斯修道院里披上了骑士戎装，而在那铁血年代，骑士头衔可不仅在仪式上和游行中摆摆样子，而要以实际行动展现并证明自己的勇气和坚韧。

处事谨慎的贝伦格拉觉得儿子尚未到年纪，努力劝说儿子不要挑动战事，可费尔南多国王虽然在其他事情上对她言听计从，甚至完全按她的意愿行事，但她想劝说他放弃与异教徒开战却是枉然。他说："上帝放在我手里的不仅是治理王国的权杖，更是一柄为国复仇的宝剑。"

一边是太后母亲竭力给儿子的好战之火浇冷水，另一边却出了个高级教士，要让这团火苗燃成燎原烈火。不过，这对正义事业和西班牙编年史作者来说，倒也不啻一件幸事。那位高级教士就是托莱多大主教、著名的史学家罗德里戈，此时正通过布道，号召进行一场针对摩尔人的讨伐，答应让所有参战者享受与为圣墓堂而战的人们同样的特赦。结果，在托莱多地方聚集起了来自各地的浩荡大军。

费尔南多国王暂时被劝阻而没有亲自走上战场，但他派遣了洛普·迪亚斯·德·哈洛、鲁伊·贡萨尔沃·德·希龙和阿隆佐·特雷斯·德·梅内斯为先锋，率领五百装备精良的骑士。这支人马一露面，就征服了巴埃萨的摩尔国王阿本·莫哈梅德，他向费尔南多国王派出使者，宣布自己为国王的属臣。

后来，费尔南多国王亲自上战场时，在纳瓦斯或托尔萨平原得到了这位摩尔人同盟的协助，费尔南多在往哈恩进军时他就在身边辅佐。国王来到一座塔楼跟前，放火焚烧塔楼，烧死了留在塔楼里的摩尔人，而那些纵身跳下塔楼去的，则被长枪刺死。

尽管费尔南多国王将燃烧的塔楼当祭祀奉献，上天对他攻占哈恩城的企图并不首肯。国王被迫放弃围城，在四下乡间一阵掠劫之后便了事了。不过他在其他地方相当顺手。他凭强攻拿下了防守坚固的普列戈镇，迫使守军交出所有财物以换取性命，另外还得缴纳八万银币。为凑足这笔巨款，镇上的人被迫送上五十五位美貌绝伦的少女，五十五位精良的骑士，以及九百名平民作为人质。国王将这批人质在自己手下最勇敢的骑士和有地位的教士之间分配，但他的属臣，巴埃萨的摩尔国土，则得到了支配那些摩尔少女的权利。

然后，费尔南多国王前去攻打洛萨，众将士攀上城墙，焚烧城门，占领了整个城市。随后，费尔南多又率领军队进入格拉纳达平原，当地的居民全都归顺成为他的臣属，放出了城里关着的所有基督徒，人数有一千三百之众。

巴埃萨国王阿本·莫哈梅德后来又向费尔南多国王交上了马托斯和安杜哈尔的塔楼，国王将它们转交给阿尔瓦·佩雷斯·德卡斯特洛，辅佐他的是掌管卡拉特拉瓦的贡扎罗·伊巴内兹和阿隆佐·特雷斯的儿子泰罗·阿隆佐·梅内西斯，还有一干最适合把守边疆重镇的精壮骑士。费尔南多国王做完这些安排，将周围的山区河谷扫荡一遍，又攻占了许多此处不再一一列举的地方，然后凯旋班师回到托莱多，受到母亲贝伦格拉和妻子贝阿特丽丝的欢欣迎接。

教会史学家绝不会在其记载之中忽略遗漏一件事，那件事充分体现了费尔南多国王虔诚与炽热的精神，而这样的精神，是他常年与教会修士们不断交流而培育起来的。一天，国王正与其精神导师大主教在托莱多大教堂里散步。那座教堂是按摩尔风格建造的，曾经是异教徒的清真寺。他突然想到（更有可能是大主教向他提到），既然上帝帮助他拓展疆界，让他对神圣信仰的敌人取得了那么多的胜利，而这座圣殿已年代久远，有了坍圮的迹象，他应该重建圣殿，并用从与摩尔人的战争中获得的战利品来好好装饰一番。这个想法立刻得到实施。国王与大主教庄重地奠下第一块基石，最后完成了托莱多大教堂的建造，这座宏伟的大教堂从此为后世人敬仰赞叹。

第四章

阿本·莫哈梅德遭谋杀——首级献给塞维利亚摩尔国王阿夫里亚尔——基督徒挺进安达卢西亚——阿夫里亚尔以金钱换停战

尊敬的安东尼奥·阿加庇达修士还记录了国王费尔南多后来在安达卢西亚征讨摩尔人战事中的各种胜利与事迹，在历次战争中，他都得到了巴埃萨国王、摩尔人阿本·莫哈梅德的粮草支援。这位穆斯林君主支持基督徒军队来攻打自己的种族，并攻击自己的信仰，却并未得到应有的回报。安东尼奥·阿加庇达说："毫无疑问，这是因为他在半途停留，并未完全脱离自己的教会。"显然，他如此与基督徒为友，惹恼了自己的臣民，有些人便趁他在科尔多瓦逗留之际起兵反抗，试图将他除掉。阿本·莫哈梅德从一处城门逃向花园，想在阿尔莫多瓦塔楼里藏身，可前来刺杀他的人赶了过去，在塔楼附近的一处山坡上将他刺死。他们割下他的首级，作为礼物送给塞维利亚的摩尔人国王阿夫里亚尔，希冀得到丰厚奖赏。可那位君主下令将此等人一律砍头，把他们的躯体扔去喂狗，因为他们背叛了自己的合法君主。①

费尔南多国王得知属臣被谋杀的消息，深感悲痛，同时也担心阿本·莫哈梅德之死会引发摩尔人起义。他向守卫安杜哈尔的阿尔瓦·佩雷斯·德卡斯特洛与阿隆佐·特勒兹·德梅内西斯等人发去指示，要他们保持警觉，但摩尔人却担心发生反叛行为，纷纷弃城而走，这座城池就这样完全归于国工掌控之下。马托斯的摩尔人也采取了同样的行动。

---

① 《西班牙编年史》，第 4 部第 373 页。——原注

巴埃萨的阿尔卡扎尔将城池献给了国王，国王便派洛普·迪亚斯·德哈洛带五百士兵守卫该城。

塞维利亚的摩尔君主阿夫里亚尔目睹基督徒在安达卢西亚步步紧逼，感到十分惊恐，企图夺回刚刚落入对方手中的那些地方。他率军抵达守卫不太坚固的马托斯城外。恰逢阿尔瓦·佩雷斯不在城中，留守的只有他妻子伊莱尼娅伯爵夫人。泰罗·阿隆佐赶紧率西班牙将士增援。他发现马托斯城已被紧紧围住，便将部下列成一字阵形，试图在敌军包围中杀出一条血路。接着就是一场血战，骑士们奋勇拼杀冲锋，城门前，基督徒与穆斯林一片混战，战况尤为惨烈。阿隆佐的掌旗手、精壮的骑士费尔南·戈麦兹·德普迪埃洛被杀，同样的命运差一点就落在阿隆佐头上，幸亏一队人马从城里冲出来把他救下。

此时，阿夫里亚尔国王将城池团团围住，夺下佩纳高地，杀死了两百名守卫高地的基督徒。

被围困的城里开始出现食物匮乏的情况，人们不得不杀了战马吃肉，甚至连皮都当了食物。掌管卡拉特拉瓦城的贡扎罗·伊瓦涅斯此时正在巴埃萨，得知马托斯告急，带着七十名骑士突袭进入城里。可人数增多，饥馑的情况也更加严重，而增加的人数仍不足以破解城市之围。最后，正和国王一起在瓜达拉哈拉的阿尔瓦·佩雷斯·德卡斯特洛听说他妻子的处境极度危险的消息。他立刻动身，带着数名卓越的骑士和一支强大的军队，前往解救妻子。他们攻进马托斯城，收复佩拿高地，摆出顽强抵抗的阵势，使阿夫里亚尔在绝望中放弃了围城之举。第二年，费尔南多国王率军向塞维利亚摩尔国王复仇，但后者用三十万银币买下了一年的休战期。①

---

① 《西班牙编年史》，第 4 部第 2 章。——原注

第五章

阿本·胡德——阿夫里亚尔买下又一年的休战——费尔南多围攻哈
恩时得知父亲莱昂国王去世——他成为莱昂与卡斯蒂利亚两国之君

大约就在同时，一位勇猛的阿拉伯大酋长正在摩尔人事务中实施一
场巨大的变革。他名叫阿本·阿布达拉·莫哈梅德·本·胡德，但人们通
常称他为阿本·胡德。他来自阿本·阿尔凡济家族，与阿尔摩哈德部族为
敌，后者长期以来都推行暴政统治。阿本·胡德鼓动穆尔西亚的摩尔人起
来反抗压迫者，自己则当了他们的首领，一路把落到他们手里的阿尔摩哈
德部族人全数杀光，最后自封为那片地方的大酋长或国王。他像基督徒净
化自己的教堂那样，以水来洗净清真寺，好像它们都遭到阿尔摩哈德部族
的人的污染。阿本·胡德处事公正，信仰虔诚，勇敢坚定，在信仰其宗教
的人们中享有很高的声誉，在稍稍克服一些抵抗之后，他赢得了对整个安
达卢西亚的控制权。这使他与费尔南多国王产生了冲突……

【此处缺页】①

---

① 此处所指缺页，显然是手稿中缺少一页所致。标注括号前一行，是手稿第 32 页最后一
  行，而括号后一行则为手稿第 34 页第一行。中间的一页缺失了。我认为，是因为作者本
  人直到做修订需要查看手稿时才发现少了一页，他无法依靠记忆填补该页内容，而此时
  他必须查阅的原著已不在手边，经暂时推延后最终仍无法补上。所缺失的一页，其内容
  不足以印成一栏，但从上下文看，应该是关于费尔南多进攻安达卢西亚以及他军队的大
  肆掠劫。——全集编者注

……毁坏谷物田地。摩尔君主再次以三十万银币的价格换来又一年的休战。阿本·胡德却召集起大军，前往抗争，但并不敢贸然开战。于是，他向梅里达进犯，与费尔南多国王的父亲、莱昂国王阿尔方索开战，却遭到彻底挫败。

第二年，费尔南多国王再次侵入安达卢西亚，包围了哈恩城，正在此时，一位信使从他母亲处飞奔而来，告诉他父亲阿尔方索已故，催促他立刻动身前往莱昂，实施他对莱昂王冠的权利。于是，费尔南多国王解除了对哈恩城的包围，把武器都送往马托斯，自己则前往卡斯蒂利亚向母亲讨教。母亲在所有事务上都为他出谋划策。

阿尔方索国王似乎在最后一份遗嘱中指定他的两位女儿成为王冠的共同继承人，而莱昂人和加利西亚人则希望让费尔南多之弟阿隆佐王子继位，但阿隆佐听从了母亲的教导，不接受任何这样的提议。最后，莱昂王国的大部分地区，包括最重要的城镇，都宣布接受费尔南多为王。

国王费尔南多在母亲陪同下，率领大军立刻进入莱昂领土。所到之处，大小城镇开门迎驾。本来，桑卡公主和达尔茜公主在母亲特蕾莎怂恿下，准备聚集大军加以抵抗，但她们的属臣倒向了费尔南多国王一边。国王抵达莱昂时，大主教、众教士及上流社会人士都前往迎接，引导他进入大教堂。国王在那里接受众人参拜，在唱诗班的颂诗声中，在人群的一片欢呼声中，被宣布为莱昂国王。

特蕾莎夫人和两位女儿居住在加利西亚。她发现王国就这么被处置掉了，便派人前去为自己和两位公主索要赡养费，两位公主其实是费尔南多国王同父异母的妹妹。贝伦格拉太后虽然不无道理地与特蕾莎有点过节，因为她可能觉得后者对她的前夫施加了某种秘密的影响，但她还是压下了所有的不快，亲自前往加利西亚，去与后者商讨这一比较特殊的家庭问题。她在加利西亚梅尔里奥的巴伦西亚与特蕾莎太后会面，为她安排下一笔丰厚的赡养，另外还为两位女儿各安排了每年三万金币的岁俸。接着，国王在贝内文特与两位妹妹见面，她们就此放弃对王位的诉求，还交出了她们此前拥有的所有设防之地。就这样，费尔南多国王成为卡斯蒂利亚与莱昂两个王国不容置疑的君主。

第六章

阿隆佐亲王向摩尔人发动进攻——在瓜达莱特河畔扎营——阿本·胡德从赫雷斯发兵并开始战斗——勇武的加西亚·佩雷斯·德瓦尔加斯——摩尔人溃逃、追击——圣地亚哥的奇迹

费尔南多三世国王在母亲明智的劝说和公正的安排之下，与两位妹妹达成了这一神奇的协议，以此拥有了她们原先继承的权利。这样，他的领土就从比斯开湾一直延伸到瓜达尔基维尔河附近，从葡萄牙边界延伸到阿拉贡和巴伦西亚边界，在拥有卡斯蒂利亚和莱昂国王头衔的同时，还凭君主权自称西班牙国王。在与所有的基督徒邻居取得和平之后，他开始准备以更高的热情和勇气，继续展开对异教徒的圣战。他一方面在自己的领地内推行正义，另一方面则派遣弟弟阿隆佐亲王前去征讨摩尔人，打击新近崛起的阿本·胡德的势力。

阿隆佐亲王年纪尚轻，缺乏经验，国王便派卡斯蒂利亚人阿尔瓦·佩雷斯·德卡斯特洛担任军队统帅，因为那是一位性格坚定、身手不凡、谙熟战事的勇士。亲王与他从萨拉曼卡一路来到托莱多，在那里招募了一支骑兵部队。然后从那里继续进发到达安杜哈尔，向四下派出小股搜寻队，一阵掠劫抢夺，带回去丰盛的战利。然后，他们再次挥兵直扑科尔多瓦，攻占了帕尔马，杀死了那里所有的居民。他们沿着丰饶的瓜达尔基维尔河谷急速穿行到塞维利亚附近，再继续向赫雷斯进发。一路上，他们把安达卢西亚草原上的牛羊扫荡一空，赶着长长的马队和骡队，骡马背上驮着各种沉重的战利品，铁蹄声声，震撼着大地。大军所到，大地上尘土蔽日，村落里黑烟冲天。

在这次扫荡战役中，费尔南多国王得到了摩尔人盟友或称摩尔属臣的支援：两百骑兵和三百步兵，率领他们的是巴埃萨国王阿本·莫哈梅德之子。

大军来到看得见赫雷斯的地方，便在瓜达莱特河岸支起帐篷。这条河流记载着西班牙编年史上一段悲伤的往事，罗德里克国王在此被推翻，其王国就此陨灭。

他们派出可靠的卫兵，看守抢来的牛羊，数量之大，牛羊挤满了周围的草地。因征战掠劫而疲惫不堪的士兵们则在河岸上休息，有的吃喝笑闹，有的拿分到的战利大开赌戒。

这时，阿本·胡德得知了费尔南多的入侵，便号召安达卢西亚沿海所有的骑士前往赫雷斯与他会合。众人迅速响应诏令，各自率领属臣飞马赶往赫雷斯。阿祖勒斯国王也来了，还带着七百名骑兵，一色阿拉伯摩尔人，身轻体健，敏捷灵活。赫雷斯城里驻满了军人。

从远处看，阿隆佐的营地令人害怕，四周还围满了牛羊，无数的骡马和俘虏，可是阿本·胡德一探测，发现营里总兵力不超过三千五百人，和他的大军相比，简直只是区区一小撮，而且那些人还得看管牛羊和战利。因此，他认定取胜轻而易举。他率军出城，在基督徒营地与赫雷斯城之间的橄榄田上摆下阵势，将非洲骑兵布列于两侧，并指示他们负责将基督徒往战地中央赶去，以防他们逃脱。据说，他甚至让人从城里带来了大量绳索，还让士兵编了很多柳条绳，准备用于捆绑被他们抓获的无数俘虏。他把自己的大军分为七个军团，每一军团有一千五百到两千骑兵。安排停当，他准备开战了。

面对这一严峻情势，阿尔瓦·佩雷斯·德卡斯特洛表现出一位能干统帅的品质。虽然表面上看，他必须听从亲王的旨令，但实际上，他掌握着指挥权，他轻装骑马在军队中来回走动，手持短棍，用言语、脸色和毫无畏惧的神情鼓励着每一位战士。为让对面小小的敌军感到害怕，他命令尽可能多的步兵都骑上骡子和驮马，组成预备队。战斗开始前，他还将骑士头衔封与加西亚·佩雷斯·德巴尔加斯，这位英勇的骑士注定要以自己的浴血奋战赢得名誉。

军队排好阵势准备开战，亲王请全体将士以基督徒的名义忏悔罪错，祈祷赦免。随军出征的还有不少牧师教士，在所有这样的圣战中，通常总有牧师教士随军的，但人数不足以接受全军将士的忏悔。因此，那些没有牧师教士来接受忏悔的人，只得相互做忏悔了。

在骑士中有两位勇武出众之人，两人尽管是联姻兄弟，却互为不共戴天之仇敌。一位是迪亚戈·佩雷斯，是阿尔瓦·佩雷斯的属臣，也是刚被封骑士的那位的弟弟。另一位是佩罗·米盖尔，两人均是托莱多人。挑起事端的是迪亚戈·佩雷斯，此时他来到对手面前，请他就宽恕他这一天，因为面对如此险境，两人心里不该存有敌对和恶意。牧师也在一旁竭力劝双方摒弃前嫌，但佩罗·米盖尔断然拒绝宽恕对方。当亲王和阿尔瓦听说此事，也请米盖尔宽恕自己的兄弟，他回答道："可以，但他得站到我面前，拥抱我，认我为兄弟。"但是迪亚戈·佩雷斯拒绝了表示兄弟情谊的拥抱，因为他在佩罗·米盖尔的眼神中看到了危险，而且他知道，对方力大无比，天性凶蛮，担心对方会掐死自己。结果，佩罗·米盖尔没有宽恕向他请求原谅的对手，径直上战场去了。

据编年史家说，这时候，摩尔军阵上发出的呐喊声，呼叫声，铙钹声，战鼓声，战歌声，震天动地，响彻云霄。阿尔瓦·佩雷斯观察着似乎要让自己遭遇灭顶之灾的阵势，决定将自己的全部力量聚集成一支战队，奋力向前冲刺，直击敌军心脏。在此危急关头，他派人带话给在阵后与预备队一起看守着五百俘虏的亲王，让他立即杀掉所有俘虏，带上整个预备队与他会合。亲王听从了这一血腥指令，然后率队来到前线，与大部队一起会合成一支队伍，全军高呼"圣地亚哥！圣地亚哥！卡斯蒂利亚！卡斯蒂利亚！"，向敌军阵营的核心发起冲击。摩尔人的防线在这一阵突袭下被撕开，方队一个接一个地陷入混乱，摩尔人与基督徒混在一起厮杀，整个战场乱成一团。每个基督徒骑士都在奋勇拼杀，就好像胜负全在他一人身上。战前刚受封为骑士的加西亚·佩雷斯·德瓦尔加斯没有辜负这份荣誉。他砍倒了三匹战马，并与阿祖勒斯国王展开激烈搏杀，最终把对方砍死于马上。那国王从非洲一路赶来，虔诚地为先知穆罕默德的事业而战。安东尼奥·阿加庇达说："他的确得到了应得之赏。"

迪亚戈·佩雷斯的勇武不逊其兄弟，尽管他未能得到死对头兄弟的原谅，上天在这场生死之战中却保佑着他。战斗最激烈时，他砍断了刀，刺折了枪，便从一棵粗壮的橄榄树上折下一根粗树枝，拼尽全力向敌人头上挥舞过去，一旦被他的战棍砸中，没有还需要砸第二下的。阿尔瓦·佩雷斯目睹此举，欢欣鼓舞。每看他挥舞大棒砸碎一个摩尔人的头颅，他就高声喊道："砸呀！砸呀！迪亚戈，砸死他！砸死他！"从那一天起，这位臂力过人的骑士得了一外号，被称为"砸死他"迪亚戈或"大棒"迪亚戈。这个外号在他家族一直传了好几代。

到最后，摩尔人抵挡不住了，纷纷向赫雷斯城门逃去。匆忙中，不少人被地上的尸首绊倒，成了俘虏。逃到城门前的人群纷纷争相挤进城去，竟发生相互砍杀的情况，而基督徒的刀剑也在城墙下肆意挥舞砍杀。

基督徒获胜之后，回到战场收集战利，直收到筋疲力尽，从摩尔营帐里搜罗到的金银财宝不计其数。他们往焚烧营帐的大火里投进折断的长枪做燃料，摩尔人带来的绳索和柳条带，原本是为捆绑他们计算好的俘虏的，现在也被基督徒派上了用场。

上战场的所有有名有姓的骑士都全身而归，唯独不见了那位不愿意宽恕冤家对头的佩罗·米盖尔。这件事简直太过神奇，也值得深思。谁都不知道他到底发生了什么事情。人们最后一次见到他，是他在敌阵中奋勇拼杀，不停地砍倒对方，不停地反手出击，的确是一位力大无穷、英勇无比的战士。当战斗结束，追击停止，响起回营军号时，他却没有出现。他的营帐里空无一人。人们搜遍战场，怎么也找不到他。有人推测，他一阵猛追摩尔人，结果也挤进了赫雷斯城，被敌人杀害了，但他的下落始终只是猜测，这整个事件成了一个警告：基督徒必先宽恕请求原谅之人方能走上战场。

尊敬的阿加庇达说："是日，上天有意为基督徒降临奇迹，使有福的圣地亚哥骑白马在天空现身，一手执白旗，另一手仗剑，率领一队白衣白马的骑士。"他补充道，"众多贵人虏者目睹此奇迹"，他可能指的就是随军出征的牧师教士，"许多摩尔人也如此证实，据其所言，摩尔人遇杀戮最惨者，皆由此神圣骑士所为。"

还可以补充的是，安东尼奥·阿加庇达修士关于这一奇迹的描述，还得到了托莱多大主教罗德里格的佐证，罗德里格是该时代最有学问、最为虔敬的人士之一，他就生活于当时，并将此事记录在自己的编年史中。因此，此奇迹不容亵渎与置疑。

【编者注】在作者本页手稿的底部有一条备忘，提醒自己"确定贝阿特丽丝太后在此前后去世的日期"，但随后的文本中并未再提及此事。根据玛丽埃娜所言，太后 1235 年在托莱多去世，在围攻科尔多瓦之前。另一权威记录则认为，太后死于 1236 年 11 月 5 日，即那座名城被攻陷之后几个月。太后的遗体葬于布尔戈斯的拉斯维尔戈斯修道院，多年之后，移往塞维利亚，与她已葬该地的丈夫的遗体合葬。

第七章

攻袭摩尔京城科尔多瓦

这时，镇守边塞的几位基督徒骑士从摩尔俘虏口中得悉，科尔多瓦城守备松懈，正好趁机突袭其郊外地区。他们立刻讨论确定了大胆的计划，派人去马托斯见佩德罗与阿尔瓦·佩雷斯，请他们派属臣作为增援。他们聚集起了人数足够的军队，准备好爬墙梯，趁着一月的一个黑夜，冒着狂风暴雨，来到城墙脚下。风雨淹没了他们的脚步声。来到垛墙根下，他们凝神细听，没有哨兵走动的声音。哨兵早就进塔楼躲避倾盆大雨去了，卫队也全数进入梦乡，毕竟已是半夜时分。

骑士中有人见墙高城坚，攀爬极其困难，心生退意，但向导多明戈·穆尼奥斯鼓励他们不要放弃。他们悄悄地把梯子绑到一起，使其达到足够的高度，然后将梯子靠在一处塔楼墙外。率先登梯爬上去的是阿尔瓦·克洛德罗和本尼托·德巴诺斯，两人身穿摩尔人的服装，讲一口阿拉伯话。他们爬上去的那座塔楼，迄今仍被称为阿尔瓦·克洛德罗塔楼。两人突然悄悄地进入塔楼，发现四个摩尔人正在熟睡中，猛地过去抓住他们，把他们扔下垛墙，下面的基督徒立刻就将那四人解决掉了。这时，又爬上去几个基督徒，他们手持刀剑冲上城墙，控制了几座塔楼，也控制了马托斯城门。他们打开城门，佩罗·鲁伊斯·塔布尔骑马率领一队骑兵急速进城，到破晓时分，被称为阿萨尔基亚的整个科尔多瓦郊外地区都在他们控制之下，那里的居民则带着自家的贵重物品，匆忙逃进城去躲避。

骑士们封堵起科尔多瓦城外的所有街巷，只留下一条宽直的主干道，摩尔人则频繁地向他们发动小股袭击，或从城墙及塔楼上向他们射去飞蝗般的箭矢。骑士们很快便意识到自己身陷险境，坚守下去不仅十分困难，甚至会付出血的代价。于是他们立刻派人去见当时在马托斯的阿尔瓦·佩雷斯和在贝内文特的国王费尔南多，请他们立刻发兵增援。派去见国王的信使日夜兼程，见到国王时，国王正在用餐。他下跪呈上给国王的信。

国王一看完信，立刻唤人牵马备鞍，拿过兵器。整个贝内文特随即兵器铿锵，马蹄声声，信使飞奔向各个方向，号召各村各镇拿起武器，命令他们到疆界处与国王会师。"科尔多瓦！科尔多瓦！"战斗口号震天动地。向异教徒之城进发！向摩尔人的京城进发！国王等不及召集起大军，收到来信后不过一个时辰，便率领一百位精壮骑士上路了。

此时正值隆冬，河床水涨。国王的军队不得不时常在河水汹涌的岸上停留，等待水势稍稍退去。国王急不可耐。科尔多瓦！科尔多瓦！必须拿下科尔多瓦，但那些骑士们可能没等增援到达就被赶离科尔多瓦城外的地区。

国王一到科尔多瓦，便来到阿尔科里亚桥，并在那里扎下大帐，竖起国王的军旗。

国王到达之前，阿尔瓦·佩雷斯已经率领一支队伍从马托斯急速赶到，进入了城外地区。还有许多骑兵步兵从边疆地区的各个镇子奉国王之命急急赶到。有的是来为国王效力，有的则出于对信仰的忠诚，有的来博取功名，也有不少人是希望来富裕之都科尔多瓦捞上一笔财富。还有许多修士为上帝的荣誉和各自修道院的利益而来。

当郊外的基督徒看见国王的旌旗在国王大营上空猎猎飘扬，众人发出欢呼，惊喜之余，忘记了所有过往的危险与艰苦。

第八章

基督徒大营的密探——阿本·胡德之死——穆斯林势力遭遇重创——科尔多瓦向费尔南多国王投降

摩尔酋长阿本·胡德曾经在赫雷斯城外被阿尔瓦·佩雷斯和阿隆佐亲王打败过，此时他正率领一支大军在埃西哈，随时准备赶赴科尔多瓦增援，但是他前不久的败仗使他不敢轻举妄动。他大营里有一个基督徒骑士，名叫洛伦佐·苏亚雷斯，此人被费尔南多国王驱逐出了卡斯蒂利亚。这时，他主动提出可带上三名基督徒骑兵前去基督徒大营做密探，查清那里的情况与兵力。阿本·胡德听后十分高兴，立刻接受这一建议，并答应他会按兵不动，等他回来再说。

洛伦佐带着随从悄悄出发，到达桥头后便跳下马，带上三个骑兵中的一个，让其余两人留下看守马匹。他顺顺当当地进了大营，发现营地不大，人数也不多，因为尽管各地招募的队伍陆续赶到，但到达的人数并不多。

洛伦佐走进营帐时，看见一个戴着圆猎帽放哨的人。他上前招呼道："朋友，请你帮我个忙，找几位在国王身边的人来，我有要事相告。"哨兵进了营帐，把奥蒂利亚带了出来。洛伦佐把他拉到一边，说："您可认识我？我是洛伦佐。请您禀告国王，允许我面见他，我有事关他安危的情况要报告。"

奥蒂利亚返回营帐叫醒了正在熟睡的国王，得到允许将洛伦佐带进帐去。国王见了他，十分生气，因为他竟敢违反放逐令，私自回来，但是洛伦佐回答道："陛下将我放逐到摩尔人之地让我受苦，但我相信，那是上天的意旨，要保护陛下您和我本人。"接着，他把阿本·胡德率大军前来攻打的事情告诉了国王，还把阿本·胡德担心国王的军队十分强大的事也说了。洛伦佐建议国王尽可能地把科尔多瓦城外的军队调到大营中，尽可能使大营看上去军力强大可畏，而他则会回去告诉阿本·胡德，大肆渲染一番国王的兵力，使阿本·胡德不敢进攻。洛伦佐说道："若我未能使他放弃进攻的念头，那我就带上属臣弃城而来，我本人及我所能指挥的一切人马全部归您所用。希望您能接受我的好意。至于摩尔大营里的情况，三天之后我会派人给陛下报信。"

国王感谢洛伦佐的一片好意，原谅了他，接受他为属臣。洛伦佐说："请陛下下令，此后三四天夜间，在营地各处生起大篝火，这样，若阿本·胡德趁夜派人前来侦察，他们会觉得这里驻有大军。"国王答应会按计行事，洛伦佐便返身出帐，在桥头与同伴会合，上马连夜返回埃西哈。

洛伦佐见了阿本·胡德，摆出一脸倦容、身心憔悴的样子。对摩尔人的询问，他故作惊恐，大肆渲染国王军队的力量。他说："大人，您若要证明我所言是否属实，不妨派人前去侦察，他们一定会看见瓜达拉基维尔河岸上白花花地摆满了基督徒的营帐，营帐像雪花覆盖格拉纳达群山一样，覆盖在大地上。夜里，他们会看见山坡河谷里到处是篝火，把大地照得一片通明。"

这一情报使阿本·胡德加倍疑虑与担心。第二天，两位摩尔骑兵从巴伦西亚国王塞恩那里快马赶到，报告说阿拉贡国王詹姆斯正率大军攻打该地，还说若他愿意尽速全力驰援，可将该地大权归于他。

阿本·胡德处于两难境地，便向谋臣询问建议，其中就有那个背信弃义的洛伦佐。谋臣们认为，虽然基督徒控制着科尔多瓦城外的地区，但不可能长时间待下去。这样，阿本·胡德就有时间先解巴伦西亚之急，然后和塞恩国王的军队一起回师来战费尔南多国王。

阿本·胡德听从了他们的建议，立刻向阿尔梅里亚进发，并派出他的战船去保卫巴伦西亚港。在阿尔梅里亚时，阿本·胡德的一位宠臣阿本·阿拉明请他赴宴。阿本·胡德毫不犹豫地丢下烦心的事务，到这位宠臣家中开怀畅饮，醉得不省人事，结果被这个叛徒按在水槽里憋死了，但传出去的话却是他死于中风。

阿本·胡德一死，众手下分崩离析，四散返乡，而洛伦佐则带着手下的基督徒急急赶到费尔南多国王那里。他们受到国王的欢迎，被接受为国王的人马。

阿本·胡德之死沉重打击了摩尔人的势力，令整个安达卢西亚陷入恐慌之中。科尔多瓦居民听说此消息，听说阿本·胡德的大军已经瓦解，所有的勇气都消失了。费尔南多国王的兵力在日益增强，大路上满是迅速赶来听他指挥的步兵，西班牙的贵族绅士，凡是能骑马的，都赶来瓜达尔基维尔河畔，争相目睹科尔多瓦的陷落。卡斯蒂利亚最高贵的骑士们战旗飘扬，率领着长长的队伍，不停地涌进大营。

科尔多瓦的居民怀着希望、凭借所有的支援一直坚持着，但是，他们被不停的战斗以及长久的饥馑弄得疲惫不堪，而阿本·胡德之死打消了所有获救的机会。因此，他们怀着悲伤消沉的心情，在这座高贵的城市被围六个月零六天时，向费尔南多国王开门投降。投降式于 1236 年 7 月 29 日星期日举行，当天是传道者圣彼得与圣保罗的节日。

城中居民获得准许，可以列队安全离开，但不得携带任何物品。虔敬的阿加庇达欢呼道："科尔多瓦，安达卢西亚众城之王，长久以来展示摩尔人力量与宏伟的京城，就这样荡涤了城中所有不净的伊斯兰教徒，回到了纯正信仰的手中。"

费尔南多国王立刻下令在主清真寺塔顶架起十字架，旁边插上国王大旗，众主教、教士和所有人都唱起"感恩赞美"，颂扬这一信仰的伟大胜利。

国王完全占领科尔多瓦之后，立刻着手修复、扩充、改进的工程。大清真寺是全西班牙最大、最壮观的寺院，现在被改建为神圣天主教堂。主教与其他教会人士排起庄严肃穆的队伍绕教堂行进，向每一处拐角和角落洒去圣水，并举行各种必须的仪式和礼拜，以净化和圣化这个场所。他们在教堂内部建造起纪念圣母的神龛，还满怀热情颂唱弥撒曲。就这样，他们将此地奉献给了真正的信仰，并将它定为城市的大教堂。

在这座清真寺里，人们发现了加利西亚圣雅各教堂里的几口挂钟，那是纪元 975 年时阿尔哈吉布·阿尔曼索凯旋时带回放置在那里的，钟口朝上当灯座用，挂钟依然锃光发亮，纪念着他的辉煌胜利。此刻，费尔南多国王下令将这几口钟返置于圣雅各教堂。当年，基督徒被迫肩扛这几口钟将它们背到此地，现在，异教徒也必须以同样的方式将它们背送回去。当这几口钟再次发出洪亮的声音，再次让神圣之乐响彻天空时，万众欢呼。

做完确保城市安全及福祉的各项事务之后，国王将管理权交付给泰罗·阿隆佐·德·梅内西斯，还指派阿尔瓦·佩雷斯·德·卡斯特洛为守疆大将军，在马托斯悬崖城堡设下要塞。然后，国王动身凯旋回到托莱多。

费尔南多国王收复落入异教徒手中达二百五十年之久的名城科尔多瓦，名声大振。消息传遍整个王国，各地的人们纷纷前往科尔多瓦，欲在那里居住。曾经挤满了甲兵铁骑的城门口，现在挤满了各色平和的旅人，他们牵着长长的骡队，骡背上驮着各色财物。来人之多，城里很快就没有足够的房子可住了。

费尔南多国王将那几口钟送回雅各教堂后，将其他的钟挂在那座清真寺的塔楼，那塔楼原先是报时人撞钟向穆斯林通报祷告时刻的地方。安东尼奥·阿加庇达修士说："当前往科尔多瓦朝圣的信徒听见大教堂塔楼上这些钟发出的圣声，他们内心顿时充满喜悦，向虔敬的国王费尔南多表达衷心的祝福。"

第九章

费尔南多国王与胡安娜结婚——科尔多瓦遭遇饥荒——阿尔瓦·佩雷斯

贝伦格拉太后见费尔南多国王从科尔多瓦凯旋，内心充满了喜悦之情，没有一位母亲不对儿子的荣耀感到分外欣慰的。不过，正如前述，太后为人智慧审慎，卓有远见。她考虑到，王后贝阿特丽丝去世已有两年，她儿子依然过着独身生活。诚然，儿子性情安静，似乎完全只关注着处理国事及为信仰而进行的战争，并未考虑再婚的事情。但英明的母亲想到，儿子正值英年，战功卓著，性情高贵威严，举止风雅迷人，身边围满了朝中诱人的姑娘。没错，他在精神上是一位圣徒，但他毕竟是一血肉之躯，完全有可能被某些弱点引入歧途，那样的弱点在贵为王公的人身上虽不常见，但与如此地位极不相称。因此做母亲的十分焦虑，认为儿子应该尽快再次缔结稳定而神圣的婚姻。

费尔南多本来就对母亲大人言听计从，在这件事情上他十分乐意接受母亲的劝告，并让母亲来挑选妻子。挑中的是胡安娜公主，她是波蒂埃伯爵的女儿，也是法王路易第七的后裔。这桩婚事经贝伦格拉太后与波蒂埃伯爵磋商，双方达成令人满意的协议，便择日举行了盛大婚礼。国王及臣民对贝伦格拉的选择极为满意，因为新娘年轻漂亮，举止端庄，性情温良。

盛大的婚礼欢庆结束后，国王与新娘一起出发，遍访卡斯蒂利亚和莱昂的主要城市，接受臣属致敬，并按当时的方式处置案件，因为那时候，君主会亲自听取臣属的请愿与诉状，听取他们的陈述并化解冤情。

国王在巡访途中到达托莱多，听说科尔多瓦出现了饥荒情况，便向那里送去大量钱财，并下令各地往科尔多瓦运送粮食。但是饥荒依然在肆虐。攻克科尔多瓦之后，大量人口涌入这座著名的城市，希望能分享那里的肥田沃土和富足的生活。但是，摩尔人在此动荡年代几乎不再耕种田地，而驻军又消耗了大量粮食储备，结果，种地的人手少，吃饭的口嘴多，饥荒的呼号与日俱增。

守卫边塞的阿尔瓦·佩雷斯眼见大势如此，动身亲自去向国王告知饥荒的情况。嘴上一句，能顶千字。他在巴拉多利德见到了国王，后者正虔诚地做着神圣周的宗教活动。据编年史家所记，国王尽管为发生饥荒感到痛心，依然无法离开安静的教堂重回宫廷去应对世事纷扰，他实在无法放弃圣徒身份重新去做君主。国王听完阿尔瓦·佩雷斯的报告后，给了他一大笔钱财，让他用于固守城堡，养活军队，甚至供养在边疆地区的无业人群，因为，现在挤满边疆地区的那些无业游民，到时候都会成为有用之臣。阿尔瓦·佩雷斯在此危难局势前，表现出了无与伦比的热忱与忠诚，这使国王十分满意，便任命他为整个安达卢西亚地区的总督，这一职位相当于现在的总督。阿尔瓦急忙赶回去实施使命，开始担任起了新的职位。他在马托斯安下总督府邸，那座岩石城堡是通往边疆各地的要冲，他可以从那里将救济物资运送到管辖之下的任何地方，还可以从那里出发，不时入侵其他的领地。下一章，笔者将讲述他坐上新职后，有何等操心焦虑之事在等待着他。

第十章

如前所述，阿本·胡德一死，西班牙的摩尔人势力便四分五裂，自成帮派，但这些帮派很快就重新聚集在一个人手下，此人即将成为基督徒的可怕对手，他就是穆罕穆德·本·阿利亚马尔，史书常称其为阿本·阿利亚马尔。他出生于阿霍纳，为贵族纳萨尔家族之后，接受了与家族地位相当的良好教育。成年之后，他被任命为阿霍纳与哈恩的要塞司令，待人亲善，行事公正，名声很好。同时，他性情勇猛，雄心勃勃，趁摩尔人四分五裂之时扩展领地，将许多要塞据点收入自己手中。

阿本·胡德一死，他便率领大军走遍摩尔人领土，所经之处均受到热烈欢迎，人们将他视为唯一能使西班牙的摩尔人势力免于灭顶之灾的人。最后，他在民众一片热烈欢呼声中进入格拉纳达，在此地被推上王位，成为西班牙摩尔人的首领，也成了他显赫家族中登上王位的第一人。关于阿本·阿利亚马尔的赫赫声誉，只要说他是阿兰布拉宫的奠基人就足够了。这座雄伟壮观的建筑，像纪念碑一样，迄今仍展现着摩尔人的艺术品位与辉煌。然而，阿利亚马尔并没有更多的时间沉浸于艺术的和平之中，他觉察到刚诞生的王国正面临战争的威胁，卜决心要前往抗击。格拉纳达的领土沿海从阿尔赫西拉几乎一直延伸到穆尔西亚（穆尔西亚），在内陆则一直延伸到哈恩（哈恩）和维斯卡。他急忙下令所有边疆要塞进入戒备状态，同时加固了首都格拉纳达城的防卫。

根据穆罕默德法律，每一位市民都是士兵，参军保卫国家与信仰是不可推卸的宗教责任。然而，阿本·阿利亚马尔明白，匆忙中招募起来的民兵并不可靠，便组织起一支常备军，以守卫要塞与城市，其开支则从他本人的岁入中支取。这样，来自各地的穆斯林勇士聚集在他的大旗之下，当年阿拉贡国王征服巴伦西亚时弃城而走的五万摩尔人，急速赶来站在阿本·阿利亚马尔的麾下。

阿尔瓦·佩雷斯回到驻地，他已经掌握了这一切情况，意识到自己没有足够的兵力与如此可怕的邻居对抗，而且事实上，刚从摩尔人手里夺来的整个边疆地区，极有可能被摩尔人重新夺回去。因此，按"嘴上一句，能顶千字"的老规矩，他决定要再次拜见国王费尔南多，向他面呈边疆地区的紧急状况。

于是，他再次悄悄离开驻地，将伯爵夫人和侍女以及其他女士留在马托斯石堡，让外甥泰罗和四十名精壮武士做警卫保护她们。

可是，阿尔瓦·佩雷斯的离去并没有那么隐秘，他刚走，阿本·阿利亚马尔就从密探口中得知了消息，决定突袭马托斯，而该地正如前所述，是扼守边疆各地的要塞。

留下守卫要塞的泰罗年轻气盛，手下有几位勇武胆大的骑士，其中一位叫迪亚戈·佩雷斯·德巴尔加斯，外号"砸死他"或"大棒"，就是在赫雷斯之战中挥舞橄榄树干砸烂摩尔人头颅的那位。这几位热血奔涌的骑士，像雄鹰一般从山顶的石堡朝四下乡野望去，无法克制本能冲动，迫不及待地想冲进摩尔邻居的领地上掠劫一把。一个晴朗的清晨，他们冲出城堡，答应城堡里的姑娘们，说要给她们带回摩尔女人的珠宝绸缎。

骑士们刚出发不久，城堡里的人就惊恐地听到了号角声响，塔楼上的瞭望哨报告说看到远处尘土飞扬，透过烟尘能看到摩尔战旗和闪闪发亮的铠甲。事实上，那就是摩尔国王阿本·阿利亚马尔，他将大营扎在了城堡前。

城里的人们惊慌失措，因为除了一两个在城里当差的男人外，其他男人全出城去了。太太小姐全都陷入绝望，认定自己要做俘虏，也许得被迫给摩尔人做妾。但是，伯爵夫人却向来无所畏惧，而且足智多谋。她把保姆闺女全叫了过来，把头发扎一下，穿上男人的服装，手里拿上兵器，在垛墙上来回走动。摩尔国王上当了，以为城堡里仍有充足的守军，便犹豫起来，决定不用偷袭方法攻取城堡。伯爵夫人趁机从后门派出信使，命令他飞速赶去找到泰罗，把城堡岌岌可危的情况告诉他。

泰罗和同伴们一听此信，立刻调转马头，拼命朝城堡飞奔而去，可当他们翻上一座山坡时，发现城边围着众多的摩尔士兵，他们在拼命砸墙。这景象让他们恐慌失措：要在这千百军中杀出血路回到城里，简直没有一丝希望，但他们一想到城里的伯爵夫人和那些可怜无助的姑娘们，心中十分煎熬。这时候，外号"砸死他"的迪亚戈·佩雷斯·德巴尔加斯挺身而出，提议孤注一掷，拼死杀进城堡去。他说："若我们中有人成功杀回去，也许就能拯救伯爵夫人与石头城，如果我们战死，我们也尽了高尚骑士的责任，拯救了自己的灵魂。这座石堡是全边疆地区的要冲，国王有了它才能征服周边地区。要是让摩尔人把要塞夺了回去，若是让他们当我们的面抓走尊贵的夫人和侍女，而我们的长枪却滴血未沾，我们的身上片伤不留，那就是我们的奇耻大辱！我宁死不能目睹这样的事情发生。生命短暂，我们更应该留下辉煌功绩。因此，骑士们，若你们不愿意和我一起杀过去，我就一人前往，尽我自己一臂之力。"

泰罗高声呼应道："迪亚戈·佩雷斯，你说出了我的心里话。我至死和你一起拼杀，让好骑士好贵族以我俩为榜样。"

其他的骑士一听此言，斗志昂扬，他们组成了敢死队，用马刺狠狠踢向马肚子，从山坡上向摩尔人冲去。第一个冲进敌军阵地的就是迪亚戈·佩雷斯，他为其他人打开了一个通道。他们的唯一目标就是杀进城堡去，于是，他们朝要塞且战且进。大部分骑士都杀回了石堡，有几个被摩尔人切断了退路，拼杀到最后一口气，英勇战死疆场。

摩尔国王眼见这些骑士勇猛无敌，竟然成功杀回去加强了城堡的守卫，发现要想夺取城堡得花费更多的时间、麻烦和流血，便打消了这个念头，告诉自己说这要塞不值得以如此代价去夺取，便收起营帐，放弃围城，打道回府。就这样，石头城堡因伯爵夫人的智慧和别号"砸死他"的迪亚戈·佩雷斯·德巴尔加斯的英勇而被拯救了。

与此同时，阿尔瓦·佩雷斯·德卡斯特洛赶到乌迪埃尔面见国王。费尔南多国王亲切接见了他，但似乎觉得他热情有余，谨慎不足，竟将如此重要的边塞据点留给区区守卫，身为总督却干着信差的事，明明可以派人送信，却要自己亲自跑去报告。不过，国王念其忠心可嘉，还是给了他一大笔资助，命他即刻返回城堡。伯爵动身返回，但很可能因为他过于激情高涨，半途中染上热病，死于奥尔加斯。

第十一章

穆尔西亚摩尔国王阿本·乌迪埃尔成为费尔南多国王属臣——阿本·阿利亚马尔试图将基督徒赶出安达卢西亚——费尔南多与其决战——国王的掠劫——他与母后最后一次见面

阿尔瓦·佩雷斯·德卡斯特洛伯爵的死讯使国王费尔南多深感悲痛，因为在国王眼里，他是边疆之盾。只要有他扼守科尔多瓦或马托斯石堡，国王就十分放心，就像自己亲守当地一样。因此，他一从卡斯蒂利亚及莱昂的事务中稍稍脱手，便匆匆赶到科尔多瓦，以填补因心爱的副将之缺而出现的空当。他的措施之一，是与格拉纳达国王达成休战一年的协定。协定双方其实都不太情愿，但出于策略考虑又不得不如此：费尔南多国王是想在这段时间里处理好新近征服的领地上的事务，而阿本·阿利亚马尔则要整顿他刚刚建立的新王国。各人都觉得自己面对着强大的敌人，一场恶斗在所难免。

费尔南多国王在科尔多瓦一直驻留到第二年（1241年），处理好这座著名城市的各种事务，为在攻占此城中立下战功的骑士分配房屋财产，并像往常一样，向教会及各教派捐赠了大量的城镇地产。他留下弟弟阿隆佐和一支数量充足的军队，以监视格拉纳达国王的一举一动，自己则动身返回卡斯蒂利亚，取道哈恩、巴埃萨和安杜哈尔，最后于4月4日到达托莱多。在托莱多，他收到了来自穆尔西亚摩尔国王阿本·乌迪埃尔的重要提议。由于阿本·胡德之死，该王国陷于混乱，各城市与要塞的司令之间相互争斗，很多人拒不向阿本·乌迪埃尔臣服，而阿本·乌迪埃尔又与格拉纳达国王阿本·阿利亚马尔敌对，乌迪埃尔担心后者会利用与费尔南多国王的休战以及穆尔西亚王国四分五裂的状况，趁机向穆尔西亚王国发动进攻。阿本·乌迪埃尔考虑到身处这一险恶境况，便向费尔南多国王派出使臣，请求后者庇护，提出要成为他的属臣。

卡斯蒂利亚国王十分高兴地同意了这一请求，很快就派他的儿子与继承人阿尔方索王子前去接受穆尔西亚国王的臣服。考虑到王子尚且年轻，缺乏处理国事的经验，他派遣佩拉约·德科利亚和罗德里戈·贡斯拉沃·希龙随同前往，佩拉约是圣地亚哥总督，是一位极富智慧极有口才的骑士。在穆尔西亚，王子受到了君主级的款待，很快就确定了各项条款，摩尔国王认可向费尔南多国王臣服，同意向他缴纳自己一半的岁入，作为交换，费尔南多国王将他纳于自己的保护之下。阿利坎特、埃尔切、奥廖拉及其他几处地方的要塞司令对此臣服协定表示赞同，但洛尔卡的总督却愤怒地加以拒绝，他由阿本·胡德任命担当目前的职责，上司既已不在，他遂起了独立之心，并在穆拉和卡塔赫纳安插了自己的要塞司令。

阿尔方索王子此去是正式接受摩尔国王提出的效忠与臣服，而不是要用武力迫使对方的臣民一一屈服，于是就在摩尔国王的领地内巡走一番，接受那些默许臣服条约的市镇的效忠，随后就回到卡斯蒂利亚的父亲身边。

尊敬的安东尼奥·阿加庇达修士和其他修士编年史家认为，圣徒费尔南多得到如此重要的一块领土，完全是上天的奖励，奖励他当年早些时候将自己的女儿贝伦格拉奉献给了上帝，把她送进布尔戈斯的拉斯维尔戈斯修女院做修女，而国王的妹妹就是该修女院院长。

大约就在这段时间，费尔南多国王的一个举动，完全体现了他宽厚的骑士风度。笔者此前叙述过他当年面对死对头、骄横不可一世的拉腊三兄弟时的所作所为，以及该三兄弟自作自受自取灭亡的史实。国王见三人各自的悲惨下场，心头的愤怒逐渐消散，他不愿意将报复加于三人各自无助的家人，更不愿目睹西班牙历史上一个如此高尚的家族从此走向灭绝。三兄弟之一的费尔南多留下一女，即拉腊的桑卡·费尔南德斯公主，这时恰巧国王的表弟、葡萄牙王子费尔南多在西班牙，他得到了塞尔帕公主的好感。国王便力促两人成婚，由此繁衍出拉腊家族史上最著名的一支脉络。费尔南多的其他几位女儿则保有在卡斯蒂利亚的巨大财产，他的一个儿子则在国王麾下英勇效力。

与此同时，与格拉纳达国王阿本·阿利亚马尔的休战协定使那位君主的力量得到了极大的加强。他从各地征召兵力，增强了京城和边疆的防卫，开始不时骚扰邻近的穆尔西亚王国，唆使桀骜的城镇拒绝向穆尔西亚国王表示臣服，企图将该王国纳入自己刚刚稳固下来的王国的版图之中。

洛尔卡的总督及其党徒即穆拉和卡塔赫纳的要塞司令在格拉纳达国王的挑唆之下，不断制造更多的麻烦，让毫无反击能力的阿本·乌迪埃尔束手无策。费尔南多国王觉得，这倒是给了要继位的儿子一次很好的锻炼机会，能试试自己的武力。于是，他再次把王子派往穆尔西亚，和上次一样，让圣地亚哥总督佩拉约·德科利亚作为陪同，但这一次，他还派出了一支强大的军队，去扮演征服者的角色。不出所料，征服进展顺利，穆拉、洛尔卡和卡塔赫纳很快一一臣服，整个王国都成为臣属，费尔南多也因此获得了第三顶王冠：穆尔西亚国王。安东尼奥·阿加庇达修士说："如此，又从反基督的王国中夺来一颗宝贵的珍珠，加在神圣君主的王冠之上。"

但是，费尔南多国王与新敌手格拉纳达国王的抗争，穆尔西亚并非唯一一处地方。那位能干且活跃的君主借休战之机大大增强了实力，对费尔南多国王新近征服的领地发动了多次大胆的骚扰，甚至将进袭的锋芒伸展到科尔多瓦附近。出现这一情况，要部分归咎于国王的弟弟阿隆佐的懒怠与不作为，而他却是国王留在当地负责守卫边疆地区的。这位亲王出战阿本·阿利亚马尔，英勇拼杀，但摩尔人势力强大，亲王战败。

消息传到费尔南多国王那里，边疆告急，而阿本·阿利亚马尔因胜利而意得志满，决意要将基督徒赶出安达卢西亚。费尔南多国王立刻在胡安娜王后陪同下亲率军队前往边疆。他没有等待召集起强大的军队，而只带了一支人数不多的部队。他坚信臣下忠诚善战，一旦得知他上了战场，面临险境，他们一定会迅速赶到他麾下。他一路急赶，队伍日益壮大，到达安杜哈尔时，他与弟弟阿隆佐会合，后者还带着刚战败打剩下的军队，但依然个个英勇善战。这时，他有了人数相当的军队，留下足够的人数在安杜哈尔保护王后，他和弟弟阿隆佐及贡扎罗伯爵的儿子努尼奥·冈萨雷斯·德拉腊，扫荡了阿霍纳、哈恩和阿尔坎德特。橄榄树被付之一炬，葡萄园毁于一旦，果树被拦腰砍断，还有无情战争中惯用的其他践踏方式。摩尔人躲进堡垒，眼睁睁地看着自己的土地遭受掠劫，心痛万分。

格拉纳达国王不敢轻举妄动上战场，费尔南多国王便在掠劫阿尔坎德特的同时，分出手下一支部队，让罗德里格·费尔南德斯·德卡斯特洛指挥，此人就是不久前去世的勇敢的阿尔瓦·佩雷斯的儿子。国王命他与努尼奥·冈萨雷斯联手围攻阿霍纳，格拉纳达国王阿本·阿利亚马尔最爱之城，因为那是他的出生地，他也在那里首次品尝了权力的滋味。因此人们也将他别称为阿霍纳之王。

当地居民虽然害怕费尔南多国王，却鄙视他派来的军官，并不惧怕与他们抗争。不过，第二天国王便亲自率领剩余部队赶到，阿霍纳遂举城投降。

军队正在休整，国王又趁机扫荡了几处小镇，将它们收在自己手中，然后派弟弟阿隆佐率领大军将战火烧到格拉纳达平原，他自己则回到留在安杜哈尔的胡安娜王后身边。据古史家说，他回去只为了将王后送回科尔多瓦，以尽骑士之责，同时又不忘记自己身为国王的责任。

将王后在科尔多瓦的王宫里安顿好之后，他匆匆赶回弟弟身边，一起在格拉纳达国王的领土上烧杀掠抢。他去得正是时候，因为阿本·阿利亚马尔眼见平原地带落入敌手，十分震怒，立刻派出大军前来反击，若此时阿隆佐亲王不得不单独应战，很可能会遭遇比上一次更为惨重的失败。幸好，国王的到来让军队精神振奋，勇气倍增，摩尔人被赶回城里，基督徒则一路追击直到城门之前。国王见自己的军力不足以攻占此城，便在一番烧杀掠劫之后返回科尔多瓦，也让军队好好休整。

　　国王正在城中，有信使从他母后贝伦格拉那里赶来，告诉他，母后打算前来探望。两人已有很长一段时间没有见面了，现在她年事已高，急切希望能再次将儿子拥在怀里。国王不忍母后长途跋涉，便携胡安娜王后一起前往与母亲见面。见面地点是布尔戈斯附近的佩祖埃罗①，双方都十分动情，体现出母子之间罕见的真情。在会面时，母后说自己年事已高，身体日见虚弱，实在无法继续像过去那样与国王分担国事，提出希望能退入修道院，在神圣的安宁中度过余生。费尔南多国王一生将母亲视为最英明的参谋和最强大的支持，此时请求她不要在这多舛之时离开自己，因为一边有格拉纳达国王，另一边有塞维利亚国王，这样的夹击对他的勇气与力量是严峻的考验。两人进行了长久恳谈，充满了母子深情，最后母后让步，接受了儿子的恳求。母子俩朝夕相处地在一起度过了六个星期，然后相互告别：国王与王后赶赴前线，母后则返回托莱多。两人从此未能在世间再聚，因为国王再也没有回到卡斯蒂利亚。

---

① 有些史籍误记为格拉纳达山区中雷亚尔城附近的佩祖埃罗。——原注

第十二章

费尔南多国王出征安达卢西亚——围攻哈恩——阿本·阿利亚马尔
秘密前往基督徒营地——他承认自己臣属于费尔南多国王——国王
凯旋进入哈恩

1245 年 8 月中旬，费尔南多国王率兵出征安达卢西亚，从此一去
不返。整个秋天他和上几次出战一样，推进时一路烧杀掠劫，用剑与火
将哈恩附近直到雷亚尔堡夷为平地。建在高耸岩石山顶的伊利奥拉镇也
被攻占，付之一炬，黑烟冲天，如白日烽火。从这里，他进入了美丽的
格拉纳达平原，在这片人间天堂尽情烧杀掠劫。阿本·阿利亚马尔率领
他能召集的所有兵力出城交战，双方在格拉纳达城外十二英里处展开血
战。阿本·阿利亚马尔匆忙召集起的军队中，有一部分是城里的居民，
他们根本不会打仗，很快就失去勇气，溃败而逃，结果打乱整个阵
营。阿利亚马尔赶紧撤退，仓皇奔逃，一路上死伤无数。

费尔南多见掠劫收获颇丰，战场上又取得胜利，便也撤下军队，前
往边疆重镇马托斯，他们可以在那里安然无恙地休整。

在那里，他得到了圣地亚哥总督佩拉约·佩雷斯·科利亚的增援。
这位英勇的骑士在宫廷中是睿智精明的参谋，在战场上则敏捷大胆，
曾协助年轻的阿尔方索王子平定穆尔西亚，使后者得以在该王国平安
治理，此时一直在罗马教廷执行一项虔诚的政治使命。他恰如其时地
赶到马托斯，以自己的建言协助国王，而国王也对他的忠诚与智慧最
为信任。

总督聆听了国王提出的各种让不可一世的格拉纳达国王蒙羞的计

划，但严肃认真地对国王的策略提出反驳。他认为，仅在城外烧杀掠抢意义不大，这么做的确能惹恼对方，但无法摧毁敌人的力量。要征服整个王国，他们不应该扫荡乡村，而应该攻占城镇，因为，只要摩尔人还占据着城镇要塞，他们就依然能控制周围的乡村。因此，他建议立刻前去攻占哈恩，象征性地给摩尔国王来一个示威打击。哈恩是一座有重兵把守的城市，是王国的壁垒，城里粮草充沛，军火富足，率重兵守卫该城的是阿布·奥马尔，他本人出生于科尔多瓦，骑兵统帅，是阿本·阿利亚马尔手下最英勇的将军之一。费尔南多国王此前有过一次对哈恩的失败的围城，但也许总督的话让他动了心，也许那番话触动了他的自尊，便率领大军来到哈恩城下，宣称不做该城的主人决不解除围攻。围城在雪雨暴风的严冬进行了很长一段时间，阿本·阿利亚马尔有点进退两难：一方面，他没有足够的兵力去解哈恩之围，另一方面，他也无法在新近遭遇失败后再次与费尔南多国王开战。他明白，哈恩一定会陷落，担心哈恩的陷落会导致格拉纳达陷落。阿利亚马尔生性坚韧，也颇有急智。他突然做出决定，悄悄来到基督徒营地，径直去见费尔南多国王。他说："看看您眼前的格拉纳达国王。我发现抵抗已然无益，但我相信您宽厚守信，因此只身前来投身于您的保护之下，做您的臣属。"说完，他跪下身去，亲吻了国王的手，以示敬仰。

古编年史家说："费尔南多国王决不允许自己在慷慨宽厚方面被人超越。于是他立即起身，把刚刚还是敌人的来者拉起身，像朋友一样拥抱了他，答应让他依然成为自己领地的君主。当然，费尔南多不仅慷慨大度，也十分精明有策略。他接受阿本·阿利亚马尔作为自己的臣属，条件是要后者将哈恩交给他，每年向他进贡一半的岁入，并作为王国的贵族之一出席科特（议会），若卡斯蒂利亚遭遇战争，他需派出一定数量的骑兵助阵。"

根据这样的协定，哈恩便交给了这位基督徒国王，国王于2月底凯旋入城，高举着神圣十字架进入主清真教堂，由科尔多瓦主教做仪式，将此教堂净化转皈基督教，变身为一座天主堂，并将它献给圣母玛利亚。

国王在哈恩逗留了一段时间，休整军队，安顿这一重要地点的各项事务，将房屋财产分配给手下作战出色的勇士，并将大量财物赠予随军做祈祷的修士牧师。

至于阿本·阿利亚马尔，他终于松了一口气，不必再担心国王会遭遇灭顶之灾，不过他依然对自己被迫接受臣属地位的种种约束感到羞耻。为排解不快，他鼓励各项和平之艺，以改善人民的生活条件。他建造医院，设立教育机构，用宏伟壮观的建筑美化京城，让后世赞叹不已。正是在这段时间里，他开始修建阿兰布拉宫。

【注：史学家关于围城的具体时间及哈恩投降的日期意见不一。一些人认为围城长达八个月，从当年 8 月一直到次年 4 月中旬。权威的阿加庇达则认为，围城始于 12 月 31 日，终于 2 月 26 日前后。】

第十三章

塞维利亚国王阿萨塔夫怒于格拉纳达国王称臣，拒与费尔南多国
王休战——后者受神谕着手征服塞维利亚城——太后贝伦格拉之
死——外交婚姻

费尔南多国王既已将美丽的格拉纳达王国收为臣属，还拿下了哈恩
重镇而强化了自己在安达卢西亚的势力，此时便打算返回卡斯蒂利亚。
在西班牙，能让他害怕的就只有一个摩尔当权者，那就是塞维利亚国王
阿萨塔夫。阿萨塔夫是阿本·胡德之子，继承了后者的一部分领地。父
亲在赫雷斯战败给他敲起警钟，他一方面不再与基督徒在战场相遇，另
一方面则不遗余力地按最高级别加强塞维利亚城防，加固城墙塔楼，备
足各种军火，不停地训练民众学会使用各种兵器。费尔南多国王非常不
愿意在边疆未稳、强敌为邻的情况下离开这一地方，敌人很可能趁他离
开而发动公然进犯；另外，他的策略向来是不到完全控制新征服的地
区，决不刀剑入鞘。于是，他试图与阿萨塔夫国王签订休战协议，据说
他为了炫耀武力以迫使对方签约，于1246年5月率军来到塞维利亚城
下。他的提议在城门下便遭到拒绝。看来，塞维利亚国王对格拉纳达国
王臣服的态度，不是沮丧，而是愤怒。他觉得，西班牙伊斯兰的最后希
望落在了自己的肩上，而且他相信巴巴里沿海地区会对他施以援手，而
他的京城与该地保持这畅通的海上联络。他决心勇敢坚定地为保卫自己
的信仰而战。

费尔南多国王十分恼怒地从塞维利亚城下撤回军队，返回科尔多
瓦，虔诚的内心决定要好好惩罚这个异教徒的顽固，杀杀他的威风，一

定要将十字旗插到他京城的城墙上。一旦塞维利亚到手，整个安达卢西亚很快就会落入他的手中，这样，他对穆斯林的胜利就完整了。也许还有其他原因，他急不可耐地想要征服塞维利亚。那是一座壮丽富裕的城池，处丰饶之地，气候温和，瓜达尔基维尔河是贸易大通道，那是所有摩尔人的大都市，城里的世界一派富裕欢乐。

这几点本身就足以让国王将征服的矛头对准这座美丽的城市，但还不足以使撰写这位君主的编年史的神圣修士们感到满意，他们又为这位圣徒找到了另一个更为合适的理由。安东尼奥·阿加庇达修士告诉我们，当时国王正为母后贝伦格拉去世深陷悲痛，整日沉浸于祈祷，突然，圣伊西德罗在他面前现身。圣伊西德罗是西班牙大使徒，古时曾为塞维利亚大主教，当时西班牙尚未落入摩尔人之手。这位君主满怀崇敬地凝视着这一奇迹，那位圣徒则将拯救塞维利亚于穆斯林王国的重任庄重地交付给了他。阿加庇达说："此乃虔敬的国王举兵征服塞维利亚之真正原因。"他的这一论断得到了西班牙众多编年史家的支持，也得到了教会的肯定，因此，圣伊西德罗神谕的事至今还在教会的各种活动中得到宣讲。

刚才讲到贝伦格拉太后去世，此事发生在征服哈恩及格拉纳达臣服后数月。国王得知消息悲痛万分，一时间竟无法顾及他事。那位老编年史家说："这一点并不让人惊讶，因为从未有一位君主失去过言行举止如此高尚宽厚的母亲。她的确在一切场合完美无缺，是美德之榜样，是卡斯蒂利亚、莱昂和全西班牙之镜，因她的智慧与主张，众多王国的事务得以治理。这位高尚的太后的逝世，使卡斯蒂利亚和莱昂所有城镇乡村的人们，无论地位高低，都深感悲痛，但最感悲痛的是那些骑士们，她毕生是骑士的恩主。"

大约此时，国王又遭遇另一个沉重损失，托莱多大主教罗德里格也去世了。罗德里格是国王历次征战的最重要的参谋，也是为西班牙的大十字军讨伐祈祷的第一位牧师。他毕生虔敬，热切而活跃，得享天年，尽享荣名与财富。国王为答谢他为事业所做的服务，赠予他足以与王室地位相配的地产与极为丰厚的岁入。

在这段时间里，国王的思绪完全沉浸于所遭受的悲伤事件中，但同时还因儿子阿尔方索王子的鲁莽行为而感到不安。阿尔方索留守穆尔西亚，执意效仿父亲的征伐壮举，出兵侵扰当时正处内乱的巴伦西亚摩尔人王国。此举导致与阿拉贡国王海梅的冲突，而海梅外号"征服者"，凭武力将整个巴伦西亚收于自己掌控之下。这样就产生了与阿拉贡发生摩擦的危险，而费尔南多国王正忙于安达卢西亚的战事，却要在背后遭遇另一强敌。所幸海梅国王有一位美丽的女儿，即比奥兰特公主，双方的外交使节认真磋商之后一致认为，宁使两个孩子成亲，勿让两位父亲交战。费尔南多国王与海梅国王对此欣然首肯。两位君主信仰一致，都为基督徒之名感到骄傲；两人都热衷于将穆斯林赶出西班牙，用战利壮大自己的王国。于是，同年 11 月就在巴拉多利德举行了隆重的婚礼。这样，神圣的费尔南多国王就可以全力推进自己最为辉煌的事业，即征服塞维利亚，西班牙穆斯林的中心之城。

国王预料到，只要瓜达尔基维尔河依然通畅，塞维利亚城就能从非洲得到增援与补给，因此，他便向布尔戈斯的一位富商请教。该富商名叫拉蒙·邦尼法斯，有人说他出生于法国，他有丰富的航运经验，有组织并领导船队的能力。国王封此人为海军大将，派他前往比斯开组建一支水军舰队，准备从水路向塞维利亚进攻，而国王本人则从陆路推进。

第十四章

进攻塞维利亚——全西班牙拿起武器——里约堡投降——邦尼法斯的舰队溯瓜达尔基维尔河而上——圣地亚哥总督佩拉约·科利亚——他的英勇壮举及降临于他的奇迹

国王圣徒费尔南多计划围攻伟大的塞维利亚城的消息传开,整个西班牙都踊跃起兵。各地军事及宗教首领,王公贵族,骑士,乡绅,卡斯蒂利亚与莱昂每一个能拿起武器的人,都做好了随时上战场的准备。卡塔洛尼亚和葡萄牙的许多贵族也前来国王麾下效力,连比利牛斯山外很远地方的其他名声赫赫的骑士也赶来了。

同样,高级教士、牧师、修士也纷纷赶到军营,有的来安慰将自己的灵魂托付与此神圣事业的人们,有的则满腔激情,要拿起武器亲身投入这场与上帝和教会之敌的战斗。

春季伊始,壮观的大军整装走出科尔多瓦城门,先后占领了卡蒙纳、洛拉和阿尔科里亚,以及周边其他地方。这些地方有的是主动投降,有的是经战斗攻克。随后,国王克服各种艰险,渡过瓜达尔基维尔河,占领了塞维利亚周边几处最重要的地点,其中就有里约堡,该地扼守要冲,通过它,所有的增援得以从山区进入城市。此地由塞维利亚的阿萨塔夫亲自坐镇守卫,他在里约堡率领三百摩尔骑士,经常出城侵扰基督徒,杀戮无数。最后他发现,周围地区几近荒废,谷物被踩倒或烧光,葡萄藤被连根拔出,牛羊被全数赶走,村庄也都被付之一炬,已无法保证守军和居民的日常生计。他不敢在当地继续留守,便趁夜悄悄离开,返回塞维利亚,里约堡就这样向费尔南多国王投降了。

国王正在整顿里约堡的城防，拉蒙·邦尼法斯海军大将率领一支由十三条大船和几条小船组成的舰队到达瓜达尔基维尔河口。他还在陆地周边转悠时，听说一支强大的舰队正在驶向丹吉尔、休达和塞维利亚，还有一支军队准备从岸上向他发动进攻。他意识到自己身处险境，立刻派人向国王请求增援。当增援到达海岸地区，不见敌人的踪影，他们以为是虚惊一场，便撤回大营。可增援刚一撤走，非洲人就从海上蜂拥而至，仗着船多势众，扑向拉蒙·邦尼法斯的舰队。不过，这位海军大将毫不惊惶，奋勇反击，打沉了几条敌船，还捕获了几条，余下的舰船纷纷逃走，瓜达尔基维尔河依然在他控制之下。国王得知舰队遭遇危险，率军渡过河滩赶来增援，但他到达海岸时，发现人们正在欢庆胜利，这使他大喜过望，立刻下令舰队溯河而上。

费尔南多国王让自己人数不多但英勇善战的军队在塞维利亚城外河岸上扎营，并于 8 月 20 日开始正式围攻塞维利亚。英勇的圣地亚哥总督佩拉约·科利亚率领两百六十名骑兵试图从阿兹纳尔法拉克河滩渡河，骑兵中有不少是善战的修士。涅夫拉摩尔国王阿本·阿马肯得知消息，立刻率领大军出城前去保卫渡口，骑兵队伍立刻陷入巨大的危险，最后是费尔南多国王派出一百骑兵增援，方才解救了他们。率领骑兵队伍的是罗德里戈·弗洛雷斯、阿隆佐·特雷斯和费尔南·迪亚内兹。

圣地亚哥总督得到增援后，迅速渡河，率领自己这支人数不过四百、修士战士混杂的队伍，沿对岸一路杀伐，使四下敌军惊慌万分。他们攻打了盖尔勃镇，一场鏖战之后攻入城去，持刀仗剑，见摩尔人非杀即捕，还掠走大量战利。他们反复攻打特里亚纳堡，与守军发生血战，但未能攻下城堡。这些彪悍坚韧的骑士在阿兹纳尔法拉克堡下的河岸上支起营帐，建立了自己小小的营地。该要塞建造在河畔一处高地上，今大仍能从其宏伟的遗迹领略当年令人生畏的坚固。

摩尔人从城堡塔楼上俯瞰，看见基督徒骑士小小的营地，看见他们在四下乡间侵扰掠劫，晚间回营时赶着一群群牛羊，骡马驮着沉重的战利，还押着长长的俘虏队伍，摩尔人极为愤怒，他们严密监视着基督徒的一举一动，每日出城与其交战，从营地上捕捉流散的士兵，还抢走他们的马匹。于是骑士们协同步调，一天，他们在摩尔人惯常出城侵袭的必经之路设下埋伏，当摩尔人经过埋伏地时，他们一拥而上，杀死并俘获了大约三百名摩尔人，把其余人追到了城门之下。摩尔人从此心惊胆战，不敢再次出城袭扰。

不久之后，圣地亚哥总督得到密报，说摩尔人的舰队已从塞维利亚驶向特里亚纳，准备增援阿兹纳尔法拉克城堡，便挑选部分骑士，在摩尔人必经的一处关口埋伏。他们等待了很长一段时间，派出的探子回来报告说，摩尔人取另一道路，目前已经差不多到达城堡所在的山脚下了。总督高喊道："骑士们，还来得及；我们先用马刺，再使兵器，如果我们的马的确是好马，我们一定能取胜。"说完，他一踢马刺，催马飞奔，其他人也效仿他，很快就看见了远处的摩尔人。摩尔人见基督徒骑士正全速赶来，催马奔上山坡向城堡冲去，但基督徒赶了上来，杀死了落在最后的七个骑兵。一阵激烈搏斗中，加西亚·佩雷斯用长枪将摩尔队长挑于马下，基督徒骑士一拥而上将他捆捉起来。其他摩尔人见状，赶紧回身，冲向基督徒骑兵，奋力救出他们的队长，他们挡住基督徒的进攻，将队长救回城堡。有几个人浑身是伤，倒在坡上，其余的人见队长安全了，勇气倍增，策马朝城堡飞奔而去，及时跑进城去，城门一关，将追赶者挡在了城外。

由于时间及篇幅所限，无法对圣地亚哥总督佩拉约·科利亚和他的骑士修士团的英勇壮举一一详述。他的小小营地在周边地区造成恐慌，成功阻止了山区摩尔人越过莫雷纳山脉前来侵袭。在一次战役中，他刚取得了对敌人的优势，却已到黑夜降临时分，难以取得完胜。当天恰逢圣母玛利亚日，这位虔诚的骑士便高声向圣母玛利亚祈祷："圣母玛利亚，请让白天驻留。"圣母一定是听见了英勇的信仰者的祈祷，白天竟然长得不合常理，直到圣地亚哥总督完全取得胜利。为表感恩，圣地亚哥总督后来在此地建造了一座圣母教堂。

　　若有人怀疑这一奇迹，不相信该奇迹会降临这位虔诚勇士和他的修士战士头上，那再举一例奇迹应该足以说服他们了，该奇迹紧随前一奇迹发生，它说明这位勇士真的得到了上天的青睐。当战事结束，他的随从将士几乎要渴晕过去了，而周围找不到溪水或泉流。总督眼见战士受苦，万分焦虑，突然间想到效仿摩西的奇迹，便将长枪刺向光秃秃的岩石，一股泉水竟立刻从岩石上骨突而出，全体基督徒将士一阵痛饮，当即神清气爽。关于圣地亚哥总督佩拉约·科利亚的事迹就到此为止。

第十五章

费尔南多国王改变营地——加西亚·佩雷斯与七摩尔人

圣徒费尔南多国王很快就意识到他在瓜达尔基维尔河畔的营地极易受到摩尔人的骚扰和进犯。由于这里一马平川，摩尔人可以轻而易举地横扫乡野，从营地劫走马匹和零散人员，营地始终处于紧张状态。因此，他将营地移到了名为塔布拉达的安全地方，就是现今的隐修院所在地。在那里，他下令在营地周围挖起深深的壕沟，以阻挡摩尔骑兵的来犯。他还指派全副武装的骑兵巡逻，一队接一队地绕营地巡查，白天黑夜，每时每刻均无休止。不久，从各地赶来的军队使他的兵力大大增加，有贵族、骑士、富人，他们还带上了自己的手下，还有不在少数的宗教人士，他们个个武士身份，还带来了大队大队全副武装的附庸。每天都有商人和手工艺人来到营地，还有吟游诗人与其他各行各业的人，整个营地看上去像一座战争之城，五彩缤纷、丰富充裕的商品货物与亮闪耀眼的兵器交相辉映，营帐和遮廊五颜六色，军旗和描画着西班牙最显赫家族族徽的大旗迎风猎猎飘扬。真是一派壮观的景象。

国王在塔布拉达安下营地后，下令每天都要向四下乡间派出人去，在足够的兵力保护下进行扫荡，寻找粮食补给。各军队首领轮流指挥护卫扫荡行动的卫队。一天，轮到加西亚·佩雷斯指挥，就是那位杀了阿祖勒斯摩尔国王的骑士。他是一位具有铁一般意志的骑士，久经战阵，力大过人，英勇无畏，处险境而不慌乱，在基督徒和穆斯林两边都英名赫赫。加西亚·佩雷斯在扫荡队出发后，还在营地上逗留了一会，这时，前面的队伍已不见了踪影。最后，他和另一位骑士一起出发追赶他们，没走多远就看见路上迎面走来七名摩尔轻骑兵。加西亚·佩雷斯的同伴一见来了可怕的敌人，赶紧停下马，对佩雷斯说："佩雷斯伙伴，咱们回去吧。摩尔人来了七个，我们只有两人，决斗法可没规定如此寡不敌众时非得和敌人照面啊。"

对此，加西亚·佩雷斯应答道："伙伴，冲上去，咱们继续向前。摩尔人可不会等候咱们。"可是，那位骑士同伴不愿意做出这样的轻率举动，缰绳往回一拉，悄悄回到营地，钻进了自己的帐篷。

这一切被营地上的人看得清清楚楚。国王此时正站在大帐门口，而大帐就支在可以俯瞰这一切的一片高坡上。国王见一个骑士回了营，另一个还在继续往前走，便下令让几位骑士赶紧出营相助。

站在国王身边目睹加西亚·佩雷斯出营的洛伦佐·苏亚雷斯说："陛下不必派人前往。那可是加西亚·佩雷斯，对摩尔人，没人相帮，他照样能够以一挡七。若摩尔人知道那是他，便不敢恋战，若真敢与他厮杀，陛下便可知佩雷斯是怎样的一位骑士了。"

两人继续观察着这位骑士。只见他没事一般继续向前走去，等走到那几个摩尔人的近处，摩尔人立刻分站在道路两边。佩雷斯从侍从手里拿过铠甲，命令他紧跟在自己身边。他在系头盔时，没发现头上戴着的那顶刺绣小帽掉了下来。系好头盔后，他继续往前走，侍从一直紧跟着他。摩尔人一看他那身铠甲装束，便知来人是加西亚·佩雷斯，知道他勇武过人，不敢上前攻击，而是与他在路上一起走着，他走一边，他们走另一边，边走边向他做出威胁的举动。

加西亚·佩雷斯不动神色，继续往前走。摩尔人发现对方并未有威胁自己的举动，便转身朝刚才他掉了帽子的地方走去。

走到离摩尔人有一段距离的地方，加西亚·佩雷斯脱去铠甲，交还给侍从，解开头盔，发现头上的帽子不见了。他问侍从是否知道帽子哪去了，后者一脸茫然。他明白帽子掉了，便让侍从把铠甲给他套上，准备回去寻找，还让侍从紧跟在他身边，仔细看看掉在了哪里。侍从不乐意了，说道："什么？为了区区一顶帽子，大人竟要去冒这么大的险？您刚才壮着胆子从那七个摩尔人身边走过，竟然毫发无损，您已经够幸运，名气够响的啦。您居然还敢回去找那顶帽子？"

"住口，"加西亚·佩雷斯回答道，"那顶帽子是一位漂亮女士为我织绣的，是我的无价之宝。再说了，你什么时候见我头上不戴帽子？"他说的是自己头顶光秃的事。说完，他平静地回身朝那几个摩尔人的方向走去。洛伦佐·苏亚雷斯目睹这一情形，对国王说："陛下，看啊！加西亚·佩雷斯朝摩尔人走回去了。他见他们不攻击他，他要去攻击他们了。若摩尔人真敢在那里等他，陛下可见这位骑士的英勇无敌啦。"那几个摩尔人见加西亚·佩雷斯朝他们走去，以为他是想去攻击他们，便赶紧走开，以免和他照面。洛伦佐见状高声说道："陛下，您看见了吗？我对您没有说假话。这些摩尔人不敢等他上前。我知道加西亚·佩雷斯多么英勇，看来摩尔人也都知道啊。"

正说着，只见加西亚·佩雷斯走到掉了帽子的地方，看见那帽子就在地上，便命侍从下马把帽子拾起来给他，他好好地把帽子戴回头上，返身继续去找扫荡队的人们。

他护卫扫荡队返回营地后，洛伦佐当国王面问他，和他一起出营、但一见摩尔人就逃回营地的那位骑士是谁，他回答说不认识。他明白原来国王一直在观望事态的进展，感到十分不好意思。他为人谦逊，被人当国王的面大加赞扬，觉得有些不知所措。

洛伦佐不停地问他那位临阵脱逃的骑士是谁，但他始终推说不认识，其实他完全认识这人，在营地上天天见面。他生性宽厚，不愿意为一句话而夺走了其他人的声誉，还命令自己的侍从无论如何不得透露秘密。就这样，尽管别人一直问他，那位骑士的名字却始终没有被透露出来。

第十六章

摩尔人建造木筏、邦尼法斯登上木筏——摩尔人舰队覆没——来自
非洲的增援

圣徒费尔南多国王的军队从陆地攻打塞维利亚城，断其补给，大胆
的邦尼法斯则率领舰队切断了水上通道，阻挡所有从非洲来的增援，并
威胁着要进攻连接特里亚纳与塞维利亚的大桥，那可是塞维利亚从对面
地区获得粮草供给的重要途径。摩尔人意识到其中的危险，若此关陷
落，一定会导致饥荒，而他们迄今所视为安全保障的那些士兵就会反过
来成为城市毁灭的原因。

于是，摩尔人设计出一款机械，希望能用来清扫河面，让前来进犯
的舰队毁于一旦。他们建造了一个巨大的木筏，长度足可连接两边河
岸，然后在筏子四周码起坛坛罐罐，里面装满各种爆炸物，构成所谓的
希腊之火，筏子上还站满了全副武装的士兵；在两边河岸上，从一边的
特里亚纳堡和另一边的塞维利亚城派出成团的军队，随水上的大木筏一
起向前推进。数艘装备齐全的船只在大筏子前开路，并对基督徒的舰船
发动攻击，而大筏子上的士兵则把筏子上的爆炸罐向对方投掷过去，最
后，点燃筏子上所有的爆炸罐，让熊熊燃烧的木筏朝敌军舰队漂去，用
冲天烈焰将他们全数烧光。

一切就绪，摩尔人便水陆并进，坚信自己必胜无疑。但是，他们的
行进队伍杂乱无章，吵吵嚷嚷，叫喊的叫喊，击鼓的击鼓，吹号的吹
号，朝基督徒船队发起的进攻看似十分可怕，却没有协同步调，很远就
扔出火罐，让天空里弥漫着黑烟，却落不到对手的船上。他们的阵阵喧

器反而让基督徒更加强了防卫。大胆的邦尼法斯没等敌人真正发动进攻，便跳到大木筏上，朝筏子上的守卫奋勇杀去，一连砍倒数人，把其余的统统赶下河去，成功熄灭了所谓的希腊之火。然后，他朝敌人的战船冲去，一条一条地杀过去。战斗十分惨烈，双方拼杀了一整天，许多人在逃跑时被砍倒，许多人掉进河里，还有许多人绝望之下想跳河逃命，结果淹死在水里。

　　陆地上的厮杀同样激烈。在塞维利亚城这一边，基督徒的军队从费尔南多国王大营出发，而在河对岸，英勇的圣地亚哥总督佩拉约·佩雷斯·科利亚率领骑士和修士军人向敌人发起进攻。就这样，三处战场同时展开，铠甲相撞，兵器铿锵，河岸上鼓号震天，河面上挤满战船，相互撞成碎片，士兵们在浓烟烈火中厮杀，河水被鲜血染成一片猩红，漂满了尸体。最终基督徒获胜，敌人的大部分船只不是被俘获就是被打沉，两边河岸上的摩尔人阵形大乱，惊惶失措，四下逃窜，一边河岸上的朝塞维利亚城门逃去，另一边则逃向特里亚纳堡。基督徒乘胜追击，杀伤无数。

　　尽管其舰队遭遇重创，摩尔人很快就向拉蒙·邦尼法斯的舰队发起新一轮进攻，因为他们十分清楚，要拯救塞维利亚城，必须保证水上通道的自由安全。从非洲来的增援战船赶到，带来了士兵和军需物品，还修好了被毁坏的火船，双方在陆地和水面上日复一日地施展计谋，佯攻真打错综复杂。邦尼法斯十分担心摩尔人再次用希腊之火实施进攻，便下令用成捆的柴枝堵塞河道，阻挡火船。这一措施一时奏效，但摩尔人抓住哨兵打瞌睡的机会，前来抛出绳索，一端系于柴捆上，另一端绑在自己船头，趁风扬帆起桨，硬是把柴捆拉开，在一片胜利欢呼中拖走了。然而，摩尔人的喧闹泄露了自己的行踪，邦尼法斯被惊醒，他立刻带上几条轻快的战船，前往追击敌人。这一招实在太过突然，摩尔人猝不及防，慌乱之下，不知该打还是该逃。有的在惊惶之中跳进滚滚波浪之中，有的试图反抗，被砍倒在水里。邦尼法斯带着四条满载盔甲粮草的大船，胜利回到自己的舰队阵中。

第十七章

强悍的慈善院院长费尔南·鲁伊斯从摩尔人手中解救城堡——院长的征战事迹及身陷埋伏

有一天，军队里的大部分骑士都不在营地上，有的去周边地区，有的去护卫扫荡队，还有的去迎接从穆尔西亚营地前来的阿尔方索亲王。摩尔人发现基督徒营地上人员稀少，便有十位出自阿祖勒斯英勇家族的摩尔骑士前来探寻，看看可以从哪里下手来一番大胆的突袭。他们左顾右盼，走到了慈善院院长费尔南·鲁伊斯修士的营地上。这位强悍的院长和他的伙伴们不仅是扫荡的好手，也同样不惧战阵。他们的营地边有几头肥壮的牛在吃草，那些牛是他们从摩尔人那里抢来的。几位阿祖勒斯骑士一见，便觉得正可以立个战功，把院长的牛抢回去做战利。于是，他们走到牛和营帐之间，不动声色地把牛群往城的方向赶去。营地上立刻发出警报，六位强健的修士没骑马就冲了出来，接着又赶来两位骑士，一起去追抢牛的家伙。院长本人也被这阵骚动惊醒了，听说教堂的牛有危险，他勃然大怒，套上盔甲，骑上战马，立刻飞奔出去助那几位勇敢的修士一臂之力。摩尔人试图赶着那几头吃得饱饱、脚步拖沓的牛快快走开，但发现敌人即将赶到，不得不在橄榄树林里把牛放了，自己赶紧逃命。院长让一位手下照管牛群，把它们赶回营地去。他本来自己也要回去的，但发现手下的修士们又向前走了一段路，于是就一踢马，跑过去要把他们叫回来。突然，他身前身后爆发出一阵阵高声喊叫，埋伏在河谷里的摩尔人骑兵步兵一下涌了出来。强悍的圣胡安慈善院院长发现已无退路，又决不愿意被捕做俘虏，他边向自己的圣徒恩主祈求赐福，边举起盾牌向摩尔人冲去，凭着信仰的激情奋力挥舞着胳膊一路砍杀，每一刀下去就呼唤一声圣胡安的名字，每一刀下去，就砍死一个异教徒。其余修士发现他们的头儿正身处险境，立刻和几个骑士一起跑过来解救。他们高呼着"圣胡安！圣胡安！"，一个个挥刀舞枪，不像是修道院里的修士，倒更像是战场上的勇士。修道士和穆斯林之间一番浴血奋战，地上倒满了异教徒的尸首，但基督徒毕竟人数太少，对手却人多势众。一位身材魁梧的修士被砍倒在地，他就是 Sietefilla 的指挥官。他那光秃的脑袋被一柄弯刀一砍两半，好几个乡绅和骑士都浑身是伤，倒在战场上，人数有二十多，但强悍的院长和他的弟兄们满腔愤怒，不顾一切地继续拼杀，不停喊着"圣胡安！圣胡安！"，只顾专注地不断砍杀，认真之情无异于平时为教众祈福。

混战的嘈杂声以及修士们呼喊圣徒名字的声音响彻营地，人们立刻发出警报："圣胡安院长被敌人包围啦！快去营救！快去营救！"整个基督徒营地都动作起来，但最急切的是那些教会的神圣勇士，科尔多瓦主教加尔西和科利亚主教桑齐。两人匆忙召唤自己属下的骑兵步兵，催动战马，往教士袈裟外套上铠甲，丢了权杖抄起长枪，全速去营救自己的圣徒弟兄。摩尔人见主教武士带着下属一路飞奔而来，无心恋战，丢下院长和他的同伴，蜂拥回城去了。他们的撤退很快就成了一场仓皇的溃逃，因为两位主教并不满足于救下了院长，继续追击向他发动进攻的人。摩尔步兵很快就被追上，不是被砍杀，就是被俘虏，那些骑兵也没来得及全数逃回城里，落在后面的几个领教了基督徒教会的强力复仇。上天的惩罚并未到此为止。这位慈善院的院长一旦被惹恼，就会激发出满腔的好战精神。他与恩里克亲王、卡拉特拉瓦和阿尔坎塔拉两地的总督以及勇敢的洛伦佐·苏亚雷斯协同，当夜突袭了塞维利亚城外一处叫贝纳霍法尔的地方，他们举火仗剑冲了进去，熟睡中的摩尔人被自己居所燃起的熊熊大火和基督徒的高声喊叫惊醒，接着就是一场血腥的拼杀。慈善院院长和他英勇的修士一起冲锋陷阵，他们"圣胡安！圣胡安！"的战斗口号响彻塞维利亚城外。许多房屋被焚烧，许多住宅被洗劫，许多摩尔人被杀被俘，基督徒骑士与修士勇士在城外赶拢了一大群牛羊，趁着房屋冒起的熊熊火光，一路凯旋回营。

　　几天之后，院长和其他骑士一起又突袭了一个叫马卡雷纳的地方，同样是一顿烧杀掠抢，收缴颇丰。摩尔人激怒这位强悍的慈善院院长，结果就受到了如此激烈的报复。

第十八章

所有在围攻塞维利亚城战役中战功卓著的骑士中，最为英勇的莫过于大胆的加西亚·佩雷斯·德巴尔加斯。这位彪悍的骑士的确酷爱冒险，像赌徒喜爱金钱一样，他平生似乎没有别的爱好，就喜欢不停地拿命去冒险。加西亚·佩雷斯最出名的朋友之一是洛伦佐·苏亚雷斯·加里纳托，就是此前加西亚·佩雷斯冒险遭遇七位摩尔骑兵时对他的勇敢大加赞扬的那位。两人不仅是同伴，还是打仗的对手。在围城战役中，基督徒骑士之间已养成了这样的习惯，即相互比试，看谁更有胆量去冒险。

一天早晨，加西亚·佩雷斯、洛伦佐·苏亚雷斯和另一位骑士阿尔方索·泰罗正骑马在营地上巡逻，三人之间展开了一场友好比赛，看谁在战场上最敢于冒险。为解决这一问题，他们决定拿摩尔人开刀，看谁敢独自一人前往城下，将自己的枪尖飞掷过去插在城门上。

一做好这个好大喜功的决定，三人立即策马朝塞维利亚城跑去。摩尔哨兵从城门塔楼上发现有三个基督徒骑士从平原飞马而来，以为他们是来送信的，或者是逃兵。三个骑士来到城门前，每人投出手里的长枪，扎在了城门上，立刻转身回去了。摩尔人觉得这是侮辱和挑衅，愤怒异常，立刻派一大群人冲出城来要实施报复。摩尔人很快就追上了基督徒骑士们。首先转身与摩尔人厮杀的是火爆性子的阿尔方索·泰罗，紧接着是加西亚·佩雷斯，最后是洛伦佐，他等摩尔人扑到面前，盾牌一举，长枪一横，抵挡住对手的冲击势头。接着就是一场拼死血战，尽管摩尔人在人数上占优势，但这三位骑士却是全西班牙最英名无敌的斗士。营地上的人都看见了这一场混战，人们发出警报，基督徒骑士们纷纷冲出营地去解救战友，一队接一队的兵马走上战场，摩尔人的增援也从城门里蜂拥而出，就这样，小冲突演变成了一场大战，双方厮杀了大半天，最后摩尔人被击溃，被赶回城去。

塞维利亚城有一座城门叫阿尔卡扎门，通往瓜迪拉河上的一座小桥。摩尔人经常从此门出城进行骚扰活动，突袭基督徒营地，或从周边地区掳走牛羊，然后迅速过桥回去。这时候，再要追击他们就十分危险。

保卫这一部分营地的责任就落在两位英勇的骑士伙伴肩上，就是加西亚·佩雷斯·德巴尔加斯和洛伦佐·苏亚雷斯。两人决计要好好报复一下时时出来骚扰掳掠的摩尔人。于是，他们从驻扎在瓜达尔基维尔河对岸圣地亚哥总督手下小小一队久经战阵的骑士中挑选了两百名彪悍者，聚齐之后，洛伦佐令他们在摩尔人惯常出城掠劫的必经之路上设下埋伏，还告诫他们，在追杀摩尔人时，追到桥头必须停止，千万不要追过桥去，因为在桥与城之间驻扎着大量的敌人，桥十分窄，要想从桥上撤退将极其危险。这一命令传达给了所有的骑士，特别向加西亚·佩雷斯做了警告，要稍微约束一下自己天不怕地不怕的性情，不要贸然使自己陷入险境。

他们埋伏了没多久，就听见兵马过桥的脚步声，知道敌人已经出来寻找粮草了。他们继续躲着不动，毫无提防的摩尔人散漫地从他们眼前走过，根本没觉察到有什么危险。他们刚一走过，骑士们便冲上去直捣核心，摩尔人立刻乱作一团。惊惶之下，许多人被砍杀，许多人掉下马去，其余的拼命朝桥头逃去。大部分基督徒士兵按命令追到桥头就停下脚步，但洛伦佐和几位骑士一直追到桥上一半的地方，在狭窄的桥上又一阵砍杀。许多摩尔人惊惶之下跳下桥，跌进下面的瓜迪拉河里淹死了，还有的被砍倒在桥面上，被自己人或敌人踩死了。洛伦佐杀性正酣，不停冲摩尔人高声喊道："来呀！来呀！洛伦佐·苏亚雷斯来啦！"可没几个摩尔人敢回身与他交战的。

杀到这时候，洛伦佐才转身与其他骑士会合，可他四下一看，不见加西亚·佩雷斯的踪影。大伙感到一阵焦虑，担心他遭遇不测，可当他们的目光投向了桥的那一头，发现他正在那边，在摩尔人重围中竭力拼杀。

洛伦佐大叫道："加西亚·佩雷斯骗了我们，违反约定追到桥那一头去了。伙伴们，赶紧过去救他！决不要给人留下话柄，说我们对这样优秀的骑士见死不救。"说完，他们一踢马刺，再次冲上桥，杀过桥去，把一大批摩尔人赶着跳下了河。正围着加西亚·佩雷斯的摩尔人见这一队骑士从桥上向他们冲来，赶紧回身自卫。又一场血战开始了，许多摩尔人跑向河边企图藏身，但基督徒骑士追上去，把他们杀倒在水中。骑士们一直砍杀到将近天黑时分，一直杀到阿尔卡扎城门前。如果编年史对此战如其一贯所为地准确叙述，这场血战共使足足三千异教徒命丧尘埃。当洛伦佐回到营地参见国王，他因英勇无畏大受褒扬，但他十分谦逊地回答说，是加西亚·佩雷斯迫使他们当天都做了一回勇士。

摩尔人从这些勇敢的骑士那里受到了血的教训，从此再也不敢对营地发动骚扰。

塞维利亚城通过一座坚固的船桥与城外对岸的特里亚纳堡连成一体，那座桥是用粗铁链将很多船只绑在一起建成的，以保证特里亚纳与塞维利亚之间来往不断，并可以相互增援，相互保护。只要这座船桥在，就不可能攻占塞维利亚城，也不可能夺取特里亚纳堡。

大胆的水军大将邦尼法斯最后想出一个破桥计划，以切断塞维利亚与特里亚纳之间的一切联系。计划刚一想好，他便上岸，径直赶往国王大营，向国王做了报告。于是，国王召集了常年在水上航行的船长水手，以及其他熟悉航行的人士，让邦尼法斯把自己的计划陈述一遍，众人觉得此计甚好，便着手做好一切实施的准备。水军大将调来两艘最大最坚固的船，用原木再次加固船首，还给船首包上铁皮，然后往船上调派大量精挑细选的士兵，让他们全副武装，攻防皆备。他自己指挥其中一条船。他挑选了五月三日圣十字日来开始这一场宏大危险的攻势。虔诚的国王费尔南多为确保胜利，下令在每条船头插上十字架作为战旗。

五月三日那天，将近中午时分，这两条大船在瓜达尔基维尔河上顺流而下走了一段路程，以留出足够的大力冲撞空间。大船在此地等待涨潮时刻，一俟潮水的力量到达顶峰，从海上又向陆地刮起了顺风，他们立刻起锚扬帆，顺潮水而上。两边岸上都站满了基督徒战士，人人焦虑地盼着大船能一举成功。国王与阿尔方索亲王各率自己的武士在岸上推进到离城很近的地方，以防塞维利亚的摩尔人出来骚扰；圣地亚哥总督佩拉约·佩雷斯·科利亚则紧盯着特里亚纳堡的大门。摩尔人站满了塔楼、城墙、屋顶，准备好各种机械和武器，威胁着要击沉这些大船。

邦尼法斯两次扬帆发动攻击，但两次他都只冲到半路，风就停了下来。塞维利亚城墙塔楼上传来阵阵哄笑嘲弄的声音，船上的武士也开始担心，这一计划是否会以失败告终。最后，河面上刮起了一阵强风，把船上的每一面帆都吹得鼓胀起来，推着大船在瓜达尔基维尔河上劈波斩浪飞驰起来。两岸士兵紧张得大气不出，连摩尔人都没了声息，不知道将会发生什么情况。当两条船到达城门附近时，突然，猛烈的攻击从每一段城墙每一座塔楼上爆发了，巨大的机械向他们投来大石块和火药罐。主塔楼上架着石弩和巨大的曲柄十字弓，它们发射出的铁弹珠像雨点般击打着大船。特里亚纳堡里的摩尔人同样厉害，他们从城墙塔楼屋顶河岸上向船只飞掷去无数的石弹、箭矢、飞镖和一切可以造成损害的东西。两条大船冒着枪林弹雨继续向前航行。首先到达那里的大船狠劲朝船桥靠近特里亚纳堡的一边撞去，震天的巨响在河面上来回激荡，整个船桥震动了一下，大船在撞击的反作用力下船头偏了方向，向后退去，河两边的摩尔人发出一阵欢呼。但是主帅的大船立刻全速开过来，一头撞在船桥正中央，拴船的铁链立刻像麻绳般断裂开来，船只四分五裂，碎片到处飞散，邦尼法斯的大船乘胜从缺口处驶过。国王与阿尔方索一见邦尼法斯得胜，立刻指挥军队将两岸的城堡紧紧围住，使城里的摩尔人无法冲出城来，而那两条大船则完成了任务，胜利回到原来的锚地。就这样，塞维利亚遭遇了致命的打击，它与特里亚纳的联系被切断，它的最终陷落也就无可避免了。

第十九章

攻克特里亚纳——加西亚·佩雷斯与贵族青年

断桥之后第二天，国王、阿尔方索亲王、恩里克亲王、各级军官以及大部分军队便渡过瓜达尔基维尔河，开始向特里亚纳堡发起进攻，而邦尼法斯则率领舰队从水上攻打该城堡。但是，基督徒军队缺少攻城所需的梯子和器械，处于非常不利的状态。摩尔人则凭借高墙高塔的有利地势，朝城下的基督徒将士飞下雨点般的石块火器。由于他们高高凌驾于基督徒的头上，投掷出的长矛和射出的箭矢势头极猛。他们还善于使用十字弓，用这种器械发射出的飞镖，有时候竟能射透身披铠甲的骑士，飞出去深深插进地里。

连女人都来到城墙上助战，把大石块推下墙头，砸死无数骑士。

正当军队紧锣密鼓地围攻特里亚纳，摩尔人与基督徒之间每天都进行着激烈搏杀，营地上来了一位家世显赫的年轻贵族，还随身带来了一队光闪夺目的臣属，个个铠甲锃亮，兵器精良，他自己也披着一身崭新的甲胄，没有一点战争留下的凹坑或刀痕。这位华彩傲然的骑士带着几位随从在大营里巡游，加西亚·佩雷斯碰巧从他身边走过，他见这位骑士浑身铠甲装备处处留着战斗的痕迹，破旧不堪，又看见这位不知名的骑士的盾牌上竟刻着与他一样的族徽：白色波浪。这位贵族青年很不高兴，高声问道："这怎么回事？那个可怜的骑士竟敢佩戴这样的纹章？我非得让他交出来，不然就让他老实交代是从哪里偷来的。"他的骑士同伴赶紧劝道："你说话小心点！那可是加西亚·佩雷斯，是西班牙最最勇敢的骑士。别看他在营地上不声不响，举止谦逊，一上战场，他可是一头猛狮，不达目的决不罢休。你刚才的话要是让他听见了，他肯定和你没完。"

碰巧有几个好事者，把这个年轻贵族说的话传到了加西亚·佩雷斯耳朵里，指望他勃然大怒，要和那贵族在战场上一见高低。可是加西亚·佩雷斯若无其事，一言不发。

一两天后，摩尔人再次从特里亚纳堡出来骚扰，和基督徒发生了激烈的厮杀，加西亚·佩雷斯和这位年轻贵族带着一些骑士把摩尔人打退到城堡墙障前。敌人在此进行殊死抵抗，砍倒了好几名骑士。加西亚·佩雷斯猛踢马刺，一举长枪，专朝敌人多的地方冲去，他和身边跟随着的不多的几位同伴一起把摩尔人直追到特里亚纳城门下。摩尔人一看追兵不多，便转身冲过去，挥刀舞枪抡棍，城门塔楼上还掷下无数石块箭矢。最后，摩尔人退进城里，把城外地区完全让给了取得胜利的骑士们。加西亚·佩雷斯骑在马上，不慌不忙地冒着枪林矢雨返身回营。走下战场，他身上的铠甲到处是凹痕，头盔上的装饰被砸掉，盾牌上也是坑坑洼洼，连纹章都很难看清楚了。回到城障边，他见到了那位贵族青年，浑身铠甲没有一处刀痕，战袍上的纹章未沾一点尘土，原来这位傲气十足的武士并没有越过城障前去拼杀。于是，加西亚·佩雷斯走到那年轻人身边，把他从头到脚看了一遍，不紧不慢地说道："骑士先生，您看，我对纹章那么疏于照顾，差一点就毁了它。您完全可以认为我无权把这一荣誉的标记镶在盾牌上。而您倒完全应该佩戴这纹章。您是名誉的守护天使，您那么小心地看护着它，竟让它毫发无损。我只想告诉您，刀剑不出鞘会生锈，勇气不锤炼会污损。"

年轻贵族听得此话，羞愧难当，他明白，加西亚·佩雷斯一定听到了他虚张声势的话，而此刻他明白，自己如此贬损这位英勇的骑士，实在太不像话。于是他答道："骑士先生，请原谅我无知和狂傲。只有您才值得佩戴这样的铠甲和纹章，因为您不靠它们为自己增添荣誉，而用自己的英勇举动为它们增添光彩。"

他这么当面赞扬，倒让加西亚·佩雷斯脸红了，他觉得刚才不该对那年轻人如此苛责，于是不仅原谅了此前发生的一切，还伸出手去表示要建立友谊的意思。从那时候起，两人不仅是好友，还是战场上最亲密的战友。

第二十章

攻占塞维利亚——遣散摩尔居民——费尔南多国王凯旋进城

大约在这段时间，塞维利亚来了一位名叫奥里亚斯的摩尔神学家，他还带领着一大队武士，这些武士前来参战，就当自己是来朝圣，因为异教徒与基督徒一样，都将这场战争看做是一场圣战。这位奥里亚斯足智多谋，他向塞维利亚的城防指挥官提出一条策略，可以将阿尔方索王子拿在自己手中，迫使费尔南多国王交付赎金并解除对塞维利亚的围攻。经过与主要骑士的一番商议，奥里亚斯的建议被采纳，并开始着手将它付诸实施。于是，他们派出一个摩尔人，假装偷偷地跑到阿尔方索王子那里，答应将墙上的两处塔楼奉献给他，但请他亲自前往接收。若他拿到了那两座塔楼，攻占整个城池便轻而易举。

阿尔方索王子装作十分认真地听着来使的话，但暗暗怀疑其中有诈，觉得亲自前往十分危险。不过，考虑到万一此计为真，他还是挑选了一队人骑士，做出要去接受塔楼的样子，还派出佩罗·努涅斯·德古斯曼，让他假扮成王子模样。

当一行人来到摩尔人约定的见面地点时，发现一队全副武装的异教徒朝他们走来，个个面色狰狞，试图将努涅斯包围起来。但努涅斯十分警觉，一踢马刺，冲出重围逃走了。其他的骑士也效仿他的举动迅速撤退，只有一位骑士被摩尔人打倒在马下，尸首被砍成了碎片。

此事过后不久，从科尔多瓦赶来了一支强大的增援队伍，带来了各种军火辎重。国王见兵力增强，便与水军统帅邦尼法斯商议，决心彻底切断塞维利亚与特里亚纳之间的往来，因为摩尔人依然不时通过浅滩涉水来往两岸。他们正打算将此策略付诸实施，老谋深算的奥里亚斯在几个护卫陪同下过河去了特里亚纳。他带去了给守卫部队的指令，要合计重新将两处兵力整合起来，或是对基督徒营地实施新的打击，因为，除非他们能重新联合起来一致行动，否则便不可能实行长时间的抵抗。

奥里亚斯刚一渡过河，基督徒哨兵就报告了大营。大营听说后立刻派出一支军队占领了对岸阵地，邦尼法斯则将自己的舰队安顿在河中央。这样，奥里亚斯的归路被阻，两岸之间的联系也完全被切断，连信使都无法往来。这一下，特里亚纳堡和塞维利亚城各自受到强攻而无法相互支援。摩尔人的人数日见减少，许多人在战场上被杀，许多人被俘，还有许多人因饥饿疾病而奄奄一息。基督徒方面兵力日见增长，并不断受到胜利的鼓舞，而塞维利亚城里开始不断出现兵变暴乱。摩尔司令官阿萨塔夫见继续抵抗已无希望，便派出使臣与费尔南多国王商谈有条件投降之事。塞维利亚，这座美丽的城市，安达卢西亚的女王，摩尔人势力与辉煌的象征，自穆斯林征服以来一直在摩尔人统治之下，现在要将它拱手让人，的确是一场艰难而羞辱的斗争。

英勇的阿萨塔夫试图提出各种条件，要费尔南多国王在收到迄今一直向哈里发进贡的税赋后解除对城市的围困。这一条被当场否决后，他又提出放弃三分之一的城市，后来又变成二分之一，然后自己出资修筑一道墙，将摩尔人与基督徒分开。但是费尔南多国王完全拒绝了这些条件，他要求交出全城，只答应保护居民的人身及财产安全，阿萨塔夫可以保留圣卢卡尔、阿兹纳尔法拉克和涅夫拉三地。这位塞维利亚司令官明白，战争之剑就悬在头上，除了屈服别无出路。他终于签下降书，但提出了最后一个条件，即允许他拆掉大清真寺及城市的主塔。他觉得这两座建筑将成为他永久的耻辱纪念物。阿萨塔夫提出这最后一个要求时，阿尔方索王子也在场，他父亲意味深长地看着他，似乎想要从他嘴里听到对此要求的回答。王子义愤填膺地站起身，高声答道，寺庙屋顶缺少的每一片瓦，高塔上缺少的每一块砖，都将让相同数量的摩尔人的性命来抵，哪怕塞维利亚大街上血流成河。摩尔人一听便不再言语，只得怀着沉重的心情去准备投降事宜。他们有一个月的时间，但要先交出塞维利亚城堡作为保证。

经过十八个月的围攻，这座要塞终于在 11 月 23 日投降。摩尔官员列队出城，向费尔南多国王奉上城门的钥匙，与此同时，城里的犹太人教会代表也向国王呈交了犹太区的钥匙。这一把钥匙做工十分奇特，由各种金属锻造而成，护套上铭刻着一些字母，大意为"启者上帝——入者国王"，钥匙环上刻着希伯莱文"万王之王将入，世界将为之瞩目"。这把钥匙目前依然保存在塞维利亚大教堂，存放于安葬圣徒费尔南多国王的地方。①

在一个月的宽限期内，摩尔人纷纷抛售自己无法带走的财物，国王为那些希望离开塞维利亚前往非洲的人提供船只。据说，邦尼法斯就运送了多达十万人，另有二十万人自行前往安达卢西亚地区仍在摩尔人控制下的地方。

一个月的期限结束时，整座城市里摩尔人已完全撤离，圣徒费尔南多国王在庄严的凯旋式中进入城市，身后跟随着堂皇的教会及军队行列。军官骑士们铠甲铮亮，教士牧师、各阶级的圣战修士，卡斯蒂利亚、莱昂和阿拉贡的贵族，个个锦衣华缎。大街上回荡着军队乐曲，民众欢呼声四起。

在进城队列中央，有一架工艺精湛、纯银打造的推车，上面竖立着圣母玛利亚的塑像，国王就跟随在圣母像后面，右手仗剑，左手边走着阿尔方索王子和其他各位亲王。

队列走到已经净化而成为基督教教堂的大清真寺，人们将圣母像与凯旋车一起抬放在圣坛上。国王下跪，向上天与圣母感谢赐予这一场胜利，全体在场者高唱"感恩赞美"诗章。

---

① 在卡斯蒂利亚，每当国王进入有犹太教会堂的地方，当地的犹太人都会聚集在那里，向每一位斗牛士支付十二金币，请他们保护自己免受基督徒的伤害。由于犹太人备受蔑视与憎恶，他们请求国王保护以免遭伤害或羞辱的做法十分自然。——原注

第二十一章

费尔南多国王去世

费尔南多国王为塞维利亚的治理与未来繁荣做好了各项安排，便率领军队去征服周边地区，很快就将赫雷斯、梅迪纳、西多尼亚、阿鲁阿、贝佩尔及沿海地区收在手中，有些地方自愿投降，还有的则被武力征服。他严格遵守与臣属格拉纳达国王之间的和平协定，但他一方面觉得自己的军队在西班牙已无事可用，另一方面因内心的神圣信仰，决定要出兵渡过海峡进入非洲，为那里的穆斯林竟敢入侵自己的国家而实施报复。为此，他下令在坎塔布里亚组建一支强大的舰队，由大胆的邦尼法斯担任总指挥。

准备工作在紧锣密鼓地进行中，对面的毛里塔尼亚人一片惊慌，就在此时，国王在塞维利亚染上危险的水肿病。他意识到死期将至，便做了临终忏悔，并要求为他做圣礼。来了一队主教及其他神职人员，其中包括他的儿子塞维利亚大主教菲利普，他们将圣餐送到他面前。国王从床上起身，跪倒在地，脖子上绕着一根绳子，手中举着十字架，全身心地做了忏悔祷告。他用毕圣餐，做完圣礼，下令将所有国王饰物从他室中拿走。他将儿女叫拢到床边，为长子及王位继承人阿尔方索王子祝福，并给了他许多治理王国的建议，告诫他要保护弟兄们的利益。此后，这位虔敬的国王进入昏迷状态，期间他看见天使在他床头向他注目，要引导他的灵魂进入天国。他从弥留中醒来，神志处于天启亢奋之中，他让人给他取来蜡烛拿在手中，做了最终的信仰宣示。然后，他请在场的教士重复念诵连祷文，哼唱起"感恩赞美"。在哼唱第一句时，国王的头便缓缓向后倒去，脸上的神情一片安详，他的灵魂就此离开肉体。那位老编年史家说："圣乐由人在地上开始，由天使之声继续颂唱，所有在场的人都聆听到了。"这些肯定就是国王在弥留之际看见的围绕他床头的那些天使，此刻，他们正和着神圣的凯旋乐曲，陪伴着他荣耀升天。不仅在他房间里的人听见了天使之声，在整个塞维利亚城，当国王逝去之时，人们都听见了这美妙的天籁之音、天使之乐，犹如天使合唱团在演唱。费尔南多国王于1242年5月30日圣三一晚祷时去世，享年七十三岁，在卡斯蒂利亚在位三十五年，在莱昂在位二十年。

他去世后第三天，入葬于神圣教堂的王室小教堂内的大理石墓穴，墓穴迄今犹在。据认真的编年史作者说，入葬时刻，人们再次听见天使在颂唱他的赞美诗，赞美他的善德，空气中洋溢着美妙的天籁。

当格拉纳达的摩尔国王阿利亚马尔得知费尔南多国王去世的消息，下令在全领地举行悼念仪式。他一生中每年派遣数名摩尔人送去一百柱蜡烛，安放在国王墓穴旁。他的后继者继续着这一项仪式，直到天主教徒费尔南多攻克格拉纳达。

华盛顿·欧文生平

理查德·亨利·斯托达德

华盛顿·欧文著述一生，其辉煌成就在作家之中实属罕见。他早年便显露天分，受到同胞的亲切欢迎；他以写作呼应同时代的文学发展，轻而易举地在文学界获得并一直保持着出众的地位；他因自己的作品而获得充分奖赏，其作品以和善与谦逊迷住了与他同时代的读者；他足享天年，一生睿智而幸福，精力充沛，名至实归，直至去世；他从未真正品尝过许多作家同行所经受的那种痛苦生活：

> "贫困所陷，成名亦晚"；
> 他从未经受困扰，而许多饱学之士却时常要忍受：
> "艰辛、嫉妒、匮乏、屈于恩主、困于监狱"；

他从未如约翰逊与哥尔德斯密斯那样为果腹而写作，亦未像渥大维与查特顿那样忍饥挨饿；他学识渊博，一生平顺，身边不缺朋友，始终是自己与时代的主人。他是一位生活富足、功成名就的绅士。他生而幸运，万千好事均降临于他，并被他用来使世人愉悦。他以自己的天赋才华使世人更为快乐，世人也将他永远缅怀于心。

华盛顿·欧文的先祖可追溯到罗伯特·布鲁斯的时代，当时，布鲁斯逃离爱德华一世的朝廷，隐藏在他的秘书兼奉剑侍从威廉·德·欧文家中。威廉·德·欧文跟随着这位王室主人经历了跌宕起伏，布鲁斯在梅特文溃败，德·欧文在一边护主，此后继续同赴危难。在冬青树丛中，布鲁斯看着追击者从眼前走过，德·欧文是随他躲在树丛中的七人之一。布鲁斯恢复地位之后，封德·欧文为主事官，在班诺克本战役之后将阿伯丁附近的德伦森林作为男爵领地赏赐于他。布鲁斯还允许他使用三冬青叶私人徽章及"太阳之下绿叶之荫"的铭文，这些迄今仍是欧文家族的族徽。

但笔者此处所关注的并非欧文的先祖，而是他的父亲威廉·欧文。威廉·欧文出生于奥克尼群岛的萨平莎岛，母亲去世后，他决意出海。他生于1731年，比华盛顿略早一年，传记作家注意到他时，他是英国国王名下一条武装邮船上的小军官，邮轮定期往返于法尔茅斯与纽约之间。在法尔茅斯港，他遇见并很快热恋上了萨拉·桑德斯，这位美丽的姑娘比他小两岁，是约翰·桑德斯与安娜·桑德斯的独生女，她祖父是一位名叫肯特的英国副牧师。两人于1761年5月18日在法尔茅斯举行婚礼，两年又两个月之后，两人将夭折的头胎婴儿安葬在英国的一处墓地，一起动身前往纽约。

此时，威廉·欧文已放弃海上生涯，转而做起贸易，生意小有兴旺，这时爆发了独立革命。他的房宅正好在港口英舰的炮火射程之下，于是他决定搬去乡下，和全家一起逃到新泽西的罗维。那里也许比纽约更安全，但生意却再也做不成了。他被扣上了反叛的罪名，他房宅中最好的房间被当成英国兵营，而他一家人只能住在阁楼里。于是他决定重返纽约。他和他妻子依然被当成叛逆者，两人省吃俭用，妻子还为囚禁在监狱里的人送去食物，亲自去监狱探望生病的囚徒，为他们提供衣服毛毯等物品。那个心狠手辣的坎宁安曾对她说："欧文太太，我倒希望你给他们送根绳子呢。"不过他还是把她的慈善物品转送到囚徒手中。

华盛顿·欧文是他们十一个孩子中最小的一个，也是第八个儿子。他出生于1783年4月3日，正值纽约的动荡时期行将结束。他出生其中的那幢建筑在富尔顿和约翰街之间的威廉街（131号）上，是一幢普通的两层楼住宅，华盛顿·欧文出生一年后，全家搬进了街对面的128号，两幢房子现早已消失多年。这最小的孩子到底在哪些方面与一般孩子有所不同，笔者不得而知。最早记录下来有关他的事，就把他与那个辉煌的名字联系在了一起：他出生之后没几个月，乔治·华盛顿就率领军队进入纽约。人们热情欢迎这位伟人的到来，欧文家中的那位苏格兰女仆也表现出了同样的热情。一天早晨，她跟随华盛顿走进一家店铺，把怀里的婴儿托到他面前说："大人请看，这小宝宝就随您取的名字。"华盛顿用手抚摸着与他同名的宝宝的脑袋，为他祝福。

欧文少爷并非神童。他首次上学，是四岁时被送去由一位女子办的学校，他在那里一直待了足有两年，但除了字母表之外没有学会任何其他东西。他的第二所学校是男女同校的，他在那里一直学到十四岁，不过他最让人记得的是说话诚实，而不是学业优秀。他的出名，是因为在学校的一次艾迪森的悲剧《凯图》的公演中饰演朱巴一角，当时他正在后台拿着一大块蜂蜜蛋糕狼吞虎咽，突然被告知赶紧上台，只得满嘴塞着蛋糕，在台上边嚼边说着台词，让观众忍俊不禁。记录中，他饶有兴致地读的第一本书是图尔翻译的《疯狂的奥兰多》，这故事使他兴奋不已，他要模仿故事主人公的壮举，便在父亲家中庭院里举着把木剑和小伙伴们一顿拼杀。他接下来的文学挚爱是《鲁滨逊漂流记》和《水手辛巴德》，以及一本名为《大开眼界》航海旅行故事集。这些书都是他夜里上床后偷偷点着蜡烛看完的，它们唤起了他要出海的愿望。这愿望极其强烈，到可以离开学校的时候，他立刻决定离家出走，去当海员。这样一来，他不得不吃最最讨厌的腌猪肉，还得躺在坚硬的船舱地板上，这也是他最不喜欢的事。他初尝艰辛，英雄梦想受到重创，结果很不情愿地放弃了英勇水手之梦。

欧文第一篇文字创作是一首双行诗，把学校里一位大同学嘲讽了一番，因为后者一直试图关注老师家的小女仆。那同学受不了那样的玩笑，气得把诗作者狠揍了一顿。年轻的诗人对自己年少体弱颇感泄气，却对自己的创作才能有了信心，他很快就向《每周博物馆》（一份在佩克斯利普出版的期刊，每期四页）寄去诗作，还有道德劝善短文。十三岁时，他写了一出戏，还在一位朋友家里演了一遍，这件事触发了他儿童时代对舞台的热爱。可是他的戏剧热情受到了詹姆斯·K.鲍尔丁的打击。后者年长他四五岁，和欧文的哥哥威廉·欧文住在一起，威廉则娶了鲍尔丁的姐姐。当时的剧院就在百老汇与拿骚街之间的约翰街上，离欧文父亲家不远，欧文经常悄悄离家去剧院看戏，然后踩着时间回家做晚祷，做完之后，推说要休息，回到二楼自己的房间，然后踩着窗外的木遮阳棚，溜回剧院去，开开心心地看完戏的结尾部分。孩提时代的这种举动若是被发现，肯定会招来虔诚严肃的父亲的一顿痛责，加上母亲的柔声批评。老妇人会叹着气说："唉，华盛顿啊，你能不能学学好！"

欧文在学校继续待了一两年，在此期间，他接触了基本的古典教育，然后便决定要学法律，那是他哥哥约翰正全心从事的职业。于是，他进了亨利·马斯特顿事务所，在那里一直待到1801年夏天，此后他转投布洛克霍尔斯特·利文斯顿事务所。不久，利文斯顿被任命为州最高法院法官，他就到约塞亚·奥格登·霍夫曼事务所继续自己的法律生涯。笔者无从了解欧文为何认为自己有做律师的才能，也不清楚他那位一向对法律持敌意的父亲居然会允许他错用自己的天赋。不过，这个错误未造成太大的危险，因为欧文很快就醒悟过来，而且，他即使在事务所时，也没有全心投入。工作之余，他就像那位自己笑也让人笑的前辈库珀那样，整日沉浸于英国文学之中，还有当时在美国所能找到、现在已不值一读的各种文学作品。19岁那年，即1802年12月初，他终于找到了自己的职业，或者说，是他哥哥彼得为他找到的职业。彼得于两个月前刚刚在纽约创办了一份日报，名叫《记事晨报》，彼得自任编辑与经营人，还劝说他聪明的弟弟去协助办报。华盛顿·欧文便用"乔纳森·奥斯泰尔^①"为笔名写了一系列短文，文章风趣幽默，体现了他的思想倾向及早年的阅读经验。文笔之妙远胜于当时各种报纸文章，立刻吸引了大批读者。尽管《记事晨报》只是一份地方性、一时兴起而办

---

① Oldstyle：有"旧风格"或"老样子"的意思。

的报纸，他的文章被其他城市的刊物广泛转载。在注意到他的天赋的人中，就有查尔斯·布洛克登·布朗。

布朗是美国第一位将文学作为职业的人，此时已出版了四五部长篇小说，故事生动，文采飞扬。布朗是当时各种期刊的撰稿人，其中最优秀的当属《月刊及美国记事》，他本人就是该刊经营人。刊物很快就停止出版，接着就开始了《文学杂志及美国记事》，还是他的刊物。他邀请欧文前去协助办刊，是以该刊物经营人的身份，而不是美国第一作家。但是他未能如愿，因为，无论当时欧文心里是如何考虑的，反正这位"乔纳森·奥斯泰尔先生"尚未决定要成为作家。

欧文生性喜好探寻，这是因为他早年读了许多航海及旅行的书。他本可能因此而实现自己的梦想，走上航海之路，此时却演变为在他十分熟悉的城郊乡间长时间漫游，以及在国内更远的地方的一次次旅行。他十五岁时在威彻斯特县过了一个假期，到睡谷深林里寻踪访幽；十七岁时沿哈德逊河溯水而上，如布莱恩特后来所指出的，他成为描述沿岸美丽景色的第一人。他为高地景象所震撼，那里群山高耸，绿树覆盖，苍鹰盘旋嘶鸣，悬崖上不知其踪的溪水形成瀑布飞流，而卡茨基尔山脉更使他惊叹神往。他写道："我永远无法忘记初见它时的感受。群山高耸于整个乡野之地，一半峻峭狂野，林木森森，一半则渐渐平缓，融入人类耕种生活的美景之中。船在河上缓缓向前，我躺在甲板上，在夏日的整整一天里凝视着它们，看它们在神奇的气氛中显现出千万种莫测的变幻，时而朝你迎面撞来，时而又离你渐渐退去，时而隐没在远处雾霭之中，时而在落日下闪光明亮。直到傍晚，它们将自己的身影投印在余晖通红的天际，如意大利风景般呈现出一片深紫色。"

他二十岁时去约翰斯顿见大姐，先坐单桅帆船到奥尔巴尼，然后换乘大棚马车到达那里。去见姐姐可能是出于健康原因，他胸部一直有隐痛，夜间咳嗽不断。他在给一位朋友的信中写道："自从我到这里以来，一直很不舒服。身体虚弱，无法进行任何锻炼，精神萎靡，连朋友都不想见。"他的法官姐夫肯特问:"睡在我隔壁房间里每天晚上咳嗽不停的是那小伙子欧文吗?""是的。""那恐怕他在这个世界时日无多。"整个欧文家族的成员都有这种悲伤沉重的念头,于是大家决定送他去欧洲。所需的花费主要由他哥哥威廉提供,他代表全家族的亲友对欧文说,他们有幸能为最亲爱的人提供安逸与幸福,这使他们自己也感到分外幸福。于是,他们为他安排好去波尔图的航行,欧文于 1804 年 5 月 19 日启程。船长说:"这小伙子,没等我们渡过大洋就得翻下船去。"

七十年前,一个美国人首次去欧洲,那可是比现在了不起得多的大事。从各方面看,那时候去的人很少,而且一路还伴有现在已不复存在的许多危险。欧文的航行体验,我们可以饶有兴趣地从他的书信中读到,尽管当时那些信给朋友带去的未必是有趣,而是他的每日行程,而我们对此则可能已不再感兴趣了。结束了这一程被水手称为"女士之航"①的跨海航行,他抵达波尔图。一路上,他的健康状况大有起色,竟能学着水手的样子爬上桅顶,站上了主桅瞭望台。

他在波尔图逗留了大约六周时间,尽情游览,还努力提高自己的法语。从波尔图,他在一位美国医生陪伴下一路辛劳前往马赛。那医生举止古怪,老对人说欧文是英国囚犯,在和他们同行的那位法国军官监管之下,走过托南,一些姑娘对他好生怜悯,发出"可怜的孩子"的感叹,担心他会掉脑袋,于是送了他一瓶红酒。在尼姆,他的护照开始惹麻烦了。他有两本护照,可哪一本上的信息都不太准确,一本上说他眼睛的颜色是蓝色,另一本上说是灰色。从头至尾,这两本护照给他带来了一连串的麻烦,好在他都对付过去了,只是不停地发脾气,最后他在尼斯被拘禁,获释后搭乘一条三桅小帆船前往热那亚。

他在热那亚逗留了大约两个月,又动身前往墨西拿,结果在路上和一条所谓的缉私船即海盗船发生冲突,海盗们把船长和水手吓得半死,

---

① 意为一路平稳,未经大风浪。

最后拿走了他们半数的食物，搬走了一些船用家具，还从船舱里的乘客身上搜走一块表和一些衣物。他继续从热那亚①前往锡拉库扎，在那里探访了著名的"狄奥尼休斯之耳"，并与人结伴前去卡塔尼亚，再去巴勒莫，到达那里时正赶上狂欢节的后半段。他于 1805 年 3 月 7 日到达那不勒斯，在那里住了几天，在一个夜晚登上了维苏威火山，目睹了火山口的壮观景象：火山口喷发出一股股炽热通红的熔岩，硫磺烟雾把他呛得无法呼吸，要不是当时风向突变，他也许就和普利尼一样遭遇不测了。二十天后，他从拉特兰门进入罗马。正是在这个地方，他遇见了一位比他年长四岁的同胞，就是华盛顿·阿尔斯顿。阿尔斯顿在纽波特时和著名的漫画家马尔博恩在一起，这段经历唤醒了他对艺术的品位，而此时他已经是一位颇有前途的画家了。欧文在几年后写道："我觉得自己从未有对人第一眼就被其收魂摄魄的经历。他体形矫健，风度翩翩，两眼深蓝，一头黑发如丝一般柔软，蜷曲地飘搭在略显苍白却表情丰富的脸庞边。他的谈话内容广博，生动形象，温和敏锐的语气使人感到温暖，庄重文雅又不失幽默，使谈话妙趣横生。"

欧文立刻与阿尔斯顿结为挚交，为后者庆祝二十二岁生日，两人一起去看罗马的几家最优秀的画展，画家朋友指点旅者朋友如何参观最有价值，总是把他直接带到大师杰作之前，而对其他展品不屑一顾。两人在永久之城及其周边地区漫步，欧文不时比较着两人各自的追求与未来，对阿尔斯顿表示出无限向往：他能永远身处两人目前所处的地方，置身于欢乐的氛围中，周围都是艺术名作和古典及历史的纪念碑，都是意气相投的艺术家们所创造的，而他却要回家，回到枯燥乏味的法律事务中，并且认定自己对此既无爱好又无天赋。他暗想："我为何就不能留在此地做画家呢？"他向朋友提出了自己的想法，朋友立刻表示了极大的热情，提出两人合租一间公寓，而他则会给欧文一切力所能及的教

---

① 此处应为墨西拿。

导与帮助。但这并不现实。命中注定两人的生活之路迥异。于是，欧文放弃了成为画家这一时兴起但的确十分快乐的前途。在罗马逗留期间，他参加了银行家托洛尼亚的几次恳谈会，后者对他相当敬重，当欧文前去告辞时，还把他拉到一边，悄悄用法语问他是不是华盛顿将军的亲属。他还被引荐给洪堡男爵，男爵是普鲁士驻罗马教廷的公使，也是那位著名的旅行家及博学之士的兄弟。欧文还被引荐给了斯塔尔夫人，夫人谈起话来滔滔不绝，还向他提出了无穷无尽的问题，着实让他大大惊讶了一番。

　　欧文于4月11日启程前往巴黎，于5月14日抵达那里。他在巴黎的四个月逗留，大多用在观光娱乐上了。一个晚上，他去蒙当西埃剧院看戏，那里的演出幽默滑稽，但相当粗鄙；另一个晚上，他去帝国音乐学院听音乐，他就是在那里看了歌剧《阿尔克提》；再一个晚上，他去小艺术家剧院看男童演员的演出；又一个晚上，他去圣马丁剧院。这段时间里他结识了另一位美国画家，叫范德林，这位富有天分的画家对他很感兴趣，还为他画了一幅铅笔素描肖像。欧文在这座欢快之都里也没有忘记要长进学识，他买了一本植物学词典，还花钱学了两个月的法语。

　　欧文在荷兰游历一段时间后，于10月8日到达伦敦。他在斯特兰的诺福克街找到了合意的住所，离内城不远，就在剧院区附近，便把大部分的晚间时候用于去剧院看戏。当时有三位演员正当红：约翰·肯布尔、库克及西顿夫人，他在给哥哥威廉的信中写到了这几位演员给他留下的印象。他认为，肯布尔是一位十分严谨的演员，他的表演就像一幅正确无误、笔功精良的画，但看得出有点用力过度。他演《奥瑟罗》，却始终无法让观众忘记那就是他，观众从头至尾看见的是肯布尔而非那位嫉妒心重重的摩尔人。他神情冷峻，不太自然，也不够平衡，老把温情脉脉的场景演得温润圆滑。他主演的《贾菲尔》很不错，但最出色的角色也就是赞加，他常在一时间里想象着自己就是这位角色人物。库克仅次于他，只是其名声常限于他扮演的几个角色。他演的伊阿古值得称道，据说他演的理查三世也同样出色，而他演的麦克塞科芬爵士更是无与伦比。但是，如果欧文所写的确是他真心所想，他对西顿夫人的赞扬简直可说是有些言过其辞。"她的表情，她的声音，她的举手投足，样样都让我感到愉悦。她一时间穿透了我的心，时而让我的心凝冻，时而又将它融化。她眼神一瞥，情绪一惊，出声一呼，都让我浑身震颤。我越看她，便越敬慕她。她一上台，我几乎无法呼吸。她唤醒了我的情感，使我变回了天真的孩童。"

1806 年 1 月 18 日，欧文从格雷夫森德起航，经过风急浪高波涛汹涌的六十四天航行，到达纽约。他打破了第一次航行时那条船的船长的预言，也打破了那位说他在这个世界活不了多久的肯特法官的预言。他健健康康地回到家中，重拾律师学业，他进步神速，当年 11 月通过了考试，获得了出庭律师的资格。他进入哥哥约翰在华尔街 3 号的事务所，边等待着从未登门的客户，边用比从前更为专注的态度开始了文学生涯。

在文学领域中，空间比早已济济一堂的法律要大得多，像他这样富有天分的年轻人，在文学世界中几乎可以想做什么就做什么。总之，这里不必担心竞争者，因为专业的创作者没有门徒一说。除了查尔斯·布洛克登·布朗，他那时依然在编着《文学杂志》，也许还有约翰·丹尼，其名声主要仰赖他笔下的"俗民布道师"，加上他当时还在编的《富料港》①。当时美国为数不多的几位最出名的诗人很少发声。特伦布尔的《麦克芬格尔》发表于欧文出生前一年，此时他已是最高法院大法官；德怀特的《迦南的征服》发表于三年之后，当时不过是耶鲁学院院长；巴娄《哥伦布的预见》的发表还要再晚两年，此时他刚从海外结束外交官任职回国，正罩着一身光环，在波多马克河边的寓所里醉心于将那首

---

① Port Folio: 文字游戏。Portfolio 有"文件袋"、"资料袋"的意思。

让人不忍卒读的诗扩写为鸿篇巨制的史诗《哥伦布纪》；而无论从哪方面看都是美国早期最出色的诗人弗雷诺，于1795年出版了那部诗集之后，便抛下了缪斯女神，在查尔斯顿的萨凡纳和西印度群岛之间开起了商船。比欧文小两岁的皮耶蓬在南卡罗莱纳当家庭教师，达纳在哈佛念书，而卡明顿的布莱恩特年方十二，随意涂写了几首诗歌，发表在诺桑普顿的一家报纸上。

欧文父亲的书房里藏有丰富的英国伊丽莎白时期作家的作品，欧文早期最喜爱的作家有乔叟和斯宾塞。书房里还有十八世纪最重要的诗歌小说作品，另外别忘了还有《旁观者》、《闲谈者》和《漫游者》杂志，以及富有创见的哥尔德斯密斯的作品。读过小说的人，对菲尔丁与斯摩莱特决不会陌生，而喜爱政治文献的，对伯克的演说与尤尼乌斯的书信肯定十分熟悉。人人都读（或都能读）欧珀与彭斯的诗歌作品、坎贝尔的《希望之愉悦》、司各特的《最后的吟游诗人》，还有一切在美国出版商眼中值得一印的诗歌作品。因为当时和现在一样，只要能拿来启蒙同胞，就顾不得英国作者们的权益啦。

欧文受到了良好的人文教育，饱读英国文学，还从哥哥彼得的刊物写文章，尽管他在返回美国前不久中断了写作，但还是从中得到了锻炼。这样，他就具备了可以在作家职业中安全发展的能力。他最喜欢的是写小品文，在这方面他已经具备了丰富的经验，而这一点正合鲍尔丁的口味，后者此时依然借居于欧文的哥哥威廉家中。两人一合计，制订了一个出版计划，推出系列针砭世人时事的小品文，凭自己爱好，高兴了，方便了，就推一期出来。他们为此挑选了"撒马甘迪（Salmagundi）"（又名"杂录集"）作标题，该词借用了法语salmigondis，而这个法语词本身又是将两个拉丁语单词salgama和condita结合而成，意思是"腌杂菜"。鲍尔丁将"撒马甘迪"定义为"用油、醋、芥末、蒜蓉搅拌肉末腌鱼的混合物"，毫无疑问，习惯了这道菜，一定会觉得它十分开胃。后来，威廉·欧文也来加入欧文和鲍尔丁两人组合，于是，这三个人便组成了西班牙人所谓的 junta，即"兰斯洛特·朗斯塔夫"、"安托尼·艾弗格林"和"威廉·维扎德"。《撒马甘迪》第一期于1807年1月24日出版，最后一期于1808年1月25日出版，一共二十期，整个出版期间暗合古歌谣中所唱，真正的爱情会延续"十二个月再加一天。"当时，美国文学发展的时机业已成熟，几乎无论谁都可以写点东西出版，对这样的期刊而言更为幸运，《撒马甘迪》第一期大获成功。正如笔者所言，当时尚无真正的本地文学，欧文等人这一聪明的文学探险中的那座城市，和现今的巴别塔都市①相比，当时不过是一个小镇，居民不过八万。在这区区之地、在几乎是文学的荒野上引发轰动，并非难事，《撒马甘迪》自然引发了一场大轰动。纽约居民交口相传，人人在打听作者到底何许人也，但谁也问不出究竟，因为作者身份的秘密被保守得相当严实。现在，试图明确区别三位作家到底各自写了哪些篇幅已无必要，因为正如鲍尔丁后来在自己的作品集中所写："在这些小品文中，三位作者的思路经常相互融合，这些文章完完全全是合作产品，要明确区分到底谁写了哪一篇，既相当困难，也没有意义。"

当时在纽约，尽管写文章的人不少，除了《撒马甘迪》的这几位作者，并没有真正意义上的作家。在写文章的人中间最出色的要数塞缪尔·拉特姆·米契尔，他是一位医生（就像约翰逊的朋友勒维特），又是律师，是退休的印第安事务官，国会议员，是好几个学术团体的会员，是《医学知识》的编辑。这位先生下笔毫无顾忌，洋洋洒洒，是当时众人的一个笑柄。当时他刚写出了《纽约画像》，即使那篇东西本身并无趣味，却成了别人特别是欧文和他哥哥彼得的笑话来源，两人决定要好好把它捉弄一番。他们带着这个目标，开始收集记录。米契尔的书从北美土著开始写起，为了在学识上不逊作者，欧文兄弟的书，一开始就是开天辟地的创世时间。该书紧接着《撒马甘迪》的出版开始写，不

---

① 指人口众多，各种语言混杂。

紧不慢，时停时续，一直写到第二年1月，彼得·欧文因紧急事务离开纽约前往利物浦，被扔下独自担纲的合作者便改变了整个计划，把两人收集的数量巨大的笔记压缩为初起的五章引论，真正的叙事则起于很晚的时期，即从纽约的荷兰人王朝开始。欧文把此事摞了一段时间，到夏天才又继续往下写。为此他住在海格特附近拉文斯伍德的一处乡间宅院里，整理手稿准备交付印刷。这部东西其实是一个卷册浩瀚的恶作剧，分成一个个小恶作剧来出版，该系列的第一部刊登于1809年10月25日的《晚邮报》上，只有一段文字，叙述一位名叫尼克伯克的小个子老先生从家中走失的事。那老先生被描绘为身穿黑色外衣，头戴高筒帽，还暗示说人们有理由相信，老先生好像脑子有点问题。家人十分焦急，任何消息，只要有关于他，请立即前往桑树街的哥伦布旅馆或本报办公地点报告，将不胜感激。投石问路的文字发表一两周后，该报刊发了一篇"旅者"来信，写信人说自己几周前在离国王桥不远的路边看见过这位老先生。"他手中拿着一个小包袱，用红色丝绸大手帕扎的；他好像在往北走，看上去筋疲力尽。"十天之后（11月6日），独立哥伦布旅馆老板赛斯·汉德赛德先生在报纸上登了一小框声明，说在失踪的迪德里克·尼克伯克先生曾经住过的房间里找到一本非常有趣的手写本书，其字迹就是那位老先生的，说他希望编辑能告诉他那位老先生是否还活着，还说若老先生迟迟不回店付房费，他将不得不把那本书处理掉，以此换回相应的款项。这本书还真让不少人上了钩，一位市政官员竟然向欧文的哥哥约翰讨教，问若悬赏寻找那位神秘的迪德里克是否合适！

除了这些"初期吹鼓"，作者还出于谨慎，将文稿书写地说成是费城，以免作品的真实面目尚未出版就被人发现。

《纽约外史》于1809年12月6日在纽约出版，在不止一方面大获成功。书中的奇想嘲讽让喜爱智慧与幽默的人忍俊不禁，对该州早期荷兰定居者的不准确描述又让荷兰后裔们非常生气。这本书在这两类读者中引起许多议论，流传甚广。《北美评论》的先驱《每月文选》称其为美国出版界迄今为止最富有睿智的作品；欧文的朋友亨利·布雷沃特将此书的第二版寄送给司各特，后者由于对美国的政党与政治毫不知情，无法读出书中隐藏着的许多嘲讽，但他也认为，单从该书简单明了的意思看，他从未读到过任何像迪德里克·尼克伯克记事那样与斯威夫特风格如此接近的东西。该书出版时，布莱恩特还在读大学，竟将书中一段文字牢牢记住，在课堂当堂背诵，结果自己笑得倒在地板上，实在背不下去，挨了老师一顿批评。五十年后，他在一次关于华盛顿·欧文生平、性格与天才的讲演中，依然对其充满敬仰。他说："当我把这部作品与其他长度相仿的睿智幽默作品相比较时，我发现，它和其他作品都不一样，它让读者读到结束而不感到一丝厌烦，书中的睿智与幽默出乎意料，随性随时，尽在不言之中。作者让我们欢笑，因为不仅我们忍俊不禁，他自己更是同样地忍俊不禁。"布莱恩特提到了上面引用的司各特的话，但指出，欧文智慧之丰富，非斯威夫特干涩的滑稽嘲弄所能比，他还指出，书中处处表露，欧文读书涉猎甚广。"我发现欧文在这部作品中，比他的其他作品都更多地显露出用我们语言创作的早期作家的影响。离奇精巧的诗风及措辞，表明他是乔叟与斯宾塞的门徒。我们能体会到一丝古风，就好像香醇原味的老酒——

　　　在深深的泥穴里贮藏良久。

　　应该说，这部作品中的确存在一些与上下文不太符合的段落，书中也有一些地方本应稍做修改，作者的睿智有时候过了头，不时有一些我们会很乐意免去的玩笑。但是，我们原谅了，我们忽略了，我们全然忘记了，因为我们在阅读时获得了那么多的乐趣，它们驱使我们一页一页读下去。在所有戏谑模仿英雄风格的作品中，尼克伯克的《纽约外史》是最欢乐，最轻快，最不让人感到厌倦的。"

欧文的下一项文学工作是担任一份月刊的编辑，该刊在费城出版，从其刊名《评论精选》看，应该是一本比较高雅的杂志。在欧文于1813至1814年间担任编辑时，该刊的名字被改为《分析杂志》，销量不错，直到其经营者因《撒马甘迪》的纽约出版商倒闭而跟着倒霉。欧文为这本不复存在的期刊撰写的文章中，有对英美作家最新作品的评论，其中有一篇是关于他的朋友鲍尔丁的，此人当时用一首《苏格兰提琴谣》开始写起诗来；还有几篇是传记小品，写的是美国与英国第二次战争期间几位海军英雄人物；另外还有一篇修订加长版的诗人坎贝尔传，原稿是他一两年前应哥哥之请所写，刊登在美国出版的该诗人的诗集中。不久，美国和英国作家间达成和平，欧文清理好出版社的遗留事务，于1815年5月25日第二次启程前往欧洲。

　　欧文的两位哥哥彼得与埃布内泽在利物浦开了一间商行，欧文本人也是合伙人之一，他此次前往，一来是去替病中的彼得分担一些工作，二来也是去散散心。此时，由于他哥哥生病，公司的主要职员去世，"彼得——埃布内泽·欧文公司"的事务成了一团乱麻。欧文在利物浦逗留了一段时间，专心整理公司事务，了解各种细节，学习簿记知识，以理顺公司账目。由于各种此处无法细述的原因，欧文兄弟公司最后还是倒闭了，这位文学合伙人便再次将注意力转移到唯一适合他的事业上了。他与此时已在伦敦居住的阿尔斯顿重拾往日友谊，还结识了艺术家莱斯利，两人开始为新版《纽约外史》做设计。

　　欧文于1817年夏天抵达伦敦，去西登厄姆拜访了坎贝尔，后者当时正忙着编写《英诗范本》。在坎贝尔家的晚餐上，他遇见了书商穆雷，穆雷给他看了拜伦的一封长信，说自己正在意大利，忙着写《恰尔德·哈罗德》第四章，还说"他与拜伦夫人分手后觉得开心多了。他讨厌那种安宁的、一动不动的生活"。

　　他从伦敦一路前往爱丁堡，步行去了杰弗里所住的大宅，还在那里和他用了晚餐，之后，便搭邮车去了塞尔柯克，再坐轻便马车前往梅尔罗斯。在去后者的路上，他在阿伯茨福德庄园大门口停了下来，向司各特送去了自我介绍信。这位大名鼎鼎的老吟游诗人乐颠颠地跑到门口，拉起他的手，让他感觉两人就像老朋友似的。一眨眼，他就安坐在司各特好客的家人中间了。他在阿伯茨福德盘桓了两天，和主人在周围山坡上漫步，重访写诗的托马斯常去的地方，以及因边远传说与歌谣而名声赫赫的其他地方，这经历简直如梦境一般。这位伟人的性格举止使欧文感到十分欣悦，看着司各特如何与家庭成员、邻居、家仆甚至家中的猫狗相处，欧文无时无刻不感到快乐。"看司各特如何在傍晚与全家成员聚在一起，狗平躺在壁炉前，猫趴在椅子上，司各特夫人与几位女儿在做针线，司各特本人不是在读旧时传奇故事就是在讲边区传说，这真是一幅完美的画面。我们充满趣味的注意力不时会转移到索菲亚的歌声上，她和她父亲一样，十分熟悉边区谣曲。"洛克哈特在其《司各特传》第五卷中详细写到的这次充满趣味的拜访就是肯贝尔提议的。后来，司各特在写给一位朋友的信中说："请替我向他致意，告诉他我得好好谢谢他，让我认识了华盛顿·欧文先生，他是我那么长时间以来所认识的最好、最让人开心的朋友了。"

欧文兄弟在英国的商行未能成功，两位驻行合伙人彼得与华盛顿·欧文最后决定宣布破产。相关手续进行了几个月，在此期间，华盛顿·欧文躲开了一切社交活动，日夜苦学德语，一方面是希望将来能派点用处，另一方面也是为了排遣不愉快的思绪。他那位在国会的哥哥威廉试图劝说他去圣詹姆斯朝廷担任公使秘书，但被拒绝了；他的朋友、海军准将德卡图尔为他留了个海军部的职位，其薪俸足以使他在华盛顿过上王子般的生活。但使他的哥哥们深感懊恼的是欧文最终还是决定不予接受，而继续留在海外，自己独自与命运搏斗。于是，他于1818年夏天再度前往伦敦，看看是否能靠手中之笔养活自己。

此时离《纽约外史》首次出版已有九年的时间，在此期间，他除了为《分析杂志》撰写的一些评论与小传外，几乎没有写过其他东西。他和哥哥们一起从事的商行活动，不仅毁了自己，也让哥哥们倒了霉，此刻的他只能靠自己来努力了。

如果说，个人经历中还有什么能使人适合从事文学事业，那此时的欧文比以往任何时候都更适合这一项工作了。他的生活经历使他对人生有了更为深刻的感悟：他痛失父母，父亲在他完成《撒马甘迪》前不久去世，母亲则在大约十年后去世，那悲伤的记忆依然在他心中挥之不去。在这两件悲痛事件之间，还发生了一桩悲剧，使他整个青年时期笼罩在阴影之下，而且毕生难以忘怀，那就是他最为心仪的姑娘玛蒂尔达·霍夫曼在十八岁妙龄之际突然离世，而他此时正在埋头写迪德里克·尼克伯克那部趣味无穷的编年史。在当时的美国，试图以职业作家的身份谋生的人，胆子一定不小，因为那时唯一以此为职业的美国作家查尔斯·布洛克登·布朗已于八年前去世，年仅三十九岁，但若竟敢在英国从事如此危险的职业，那这个美国人的胆子也未免太大了一点。

欧文就是这样的人，他于三十六岁时定居伦敦，尝试着要用自己的笔来养活自己。他的资本是他丰富的实践经历，以及一些未完成的杂文小品。这些杂文小品为何而写，为谁而作，何时草就，笔者不得而知。总之，他开始以这些初稿为基础，希望将它们以一个系列的形式，像期刊那样来出版。他写够了第一辑的内容后，于1819年2月将手稿打包寄给了大西洋对岸的哥哥埃布内泽。手稿以《杰弗里·克莱扬杂集》①为名，于5月在纽约、波士顿、费城和巴尔地摩四地同时出版。该集共有六篇文章，或杂文，其中那部永垂不朽的《瑞普·凡·温克尔》立刻广受欢迎。对《杂集》（即《杰弗里·克莱扬杂集》）的需求大增，其原因诚如一位欧文评论者所言，美国文学的声誉与欧文的名字紧密相关，骄傲与兴奋的情绪使他的同胞们争相收藏他的天才作品。他重新为《分析杂志》撰稿，此举也受到他的朋友格里安·C.弗尔普兰克的鼓励。尽

---

① 中文版常作《见闻札记》。

管后者对他的尼克伯克系列颇有微词，此时也认为，欧文在每一页文字中都显露着丰富、时而有些花哨的幽默，他指出，欧文具有快乐与优雅的想象力，遣词造句十分独到，每一个思考，每一个意象，都洋溢着纯洁美好的道德情感。

《杂集》的第二辑书稿在第一辑出版前就已完成，其亮点是收录了《英国的乡村生活》那篇精妙的文章和那个催人泪下的《破碎的心》的故事。理查德·亨利·达纳先生在《北美评论》上就前一篇杂文写道，它让读者就像自己亲身在那些美丽的田野上树林中度过了一两个小时的时光，除尽疲劳，身心愉悦；而欧文笔下的风景如此真实，每一个细节中都透着美好，各不相同却又因共同的特点相连在一个整体中，他把遥远的景色搬到了读者眼前，文章中风景就像是我们眼前所见、亲身所在的赏心悦目的现实。欧文的一位朋友把一本第二辑送到威廉·戈德温的手中，就是那位因《卡莱伯·威廉斯》而名声大噪的作家。戈德温认为，欧文作品中处处透着极其优雅精致的心智（而这一点，他从未想过可以在一位美国作家的作品中读到），而他还可以很高兴地说，他也从未读到过有英国作家文笔如此优雅的。另一位与这位著名小说家持类似赞扬观点的英国人是威廉·杰尔丹，即当时被认为是文学界权威刊物的《伦敦文学报》的编辑，他开始在自己的期刊上重印第一辑《杂集》。

第三辑于9月在美国出版，传到英国后，伦敦的一位出版商弄到了一本，便考虑要出合集。他请欧文修订已经出版的各辑中的文章，以使它们至少能以正确的方式呈现在英国读者面前，同时，他还将书稿拿去让穆雷审读，还说自己手边还有足够出第二卷的材料。这位名声显赫的人士不愿意参与出版的事，说他看不出"目前状况的书稿是否有可能性会（给两人）带来令人满意的账单"。不过，他同意为此书的发行尽力推广，也愿意参与书商未来的出版计划。于是，欧文想到了司各特，便给他寄去已出版的各辑，还附上一封信，说自从上次荣幸受到他的好客接待之后，事情起了点变化，现在，笔成了他重要的生活依靠。他很快就收到了司各特的回信，后者在信中对他的天赋大加赞扬，并向他提供了一份职位，在一家在爱丁堡成立的反雅各宾党人的期刊做编辑，年薪五百英镑保底，还很有可能逐步增加。当书的包裹送到爱丁堡，送到他手里时，他还在信末加了一句："我刚到此地，翻阅了一下《杂集》。文笔的确相当优美，使我更希望能把你诱拐过来了。"欧文当即谢绝了这份工作，他觉得自己不适合那样的事，就像自己当年不适合干有关印第安事务或当兵打仗的事那样。此时，他决意自费出书，要找一位出版商倒也并非难事，可书的销售刚有起色，那出版商却不幸倒闭了。就在这紧急关头，司各特到伦敦来接受从男爵封号，他立刻去见穆雷，使后者明白自己此前并未真正看明白《杂集》的"可能性"，于是，他印刷了第一卷，并制好了第二卷的版，就此成为欧文的出版商。

《杂集》给欧文带来了四百英镑的回报。杰弗里在《爱丁堡评论》上写道，他从未读到过一部书能使他对书作者产生如此愉悦的印象，也没有一部书能像《杂集》那样如此符合他的口味和评判标准。洛克哈特则在《黑森林》中声称："华盛顿·欧文先生是这一时代最受喜爱的英语作家之一，而他出生于美国并不会使这一事实有半点逊色。"西顿斯夫人则对这部作品给予了权威的评价，当欧文被介绍给她时，她使出自己最拿手的悲剧腔调说："您让我泪流不止。"把欧文吓得不知如何是好。拜伦向来怀着极大的热切饱览当时所有新出的书籍，他写信给自己与欧文的出版商穆雷说《克莱扬》非常好"；临终前不久他还带着吹嘘的口吻说到有位美国青年来拜访他，并应他所求给他带了一本《杂集》。"我把书递给他，他热切地拿过书，翻到《破碎的心》。他说：'这是世界上写得最漂亮的文字之一，我想听一位美国人来读一下。不过，您认识欧文吗？'我回答说我从没见过他。拜伦惊呼道：'上帝保佑他！他可是个天才，他有着比天才更宝贵的东西：纯粹的心。真希望我能见到他，但我可能再也见不到他了。好吧，你来读读《破碎的心》，对，就是《破碎的心》。这字眼太让人伤心了！'我读完第一段，我说：'要我说真心话吗？我真的相信破碎的心。'拜伦高声说道：'当然啦！我也相信，哲学家和傻瓜也都相信！'我读到那篇伤心的故事中最动人的片段时，发现拜伦在哭。他朝我看看，说：'您看见我在哭了。欧文自己写这篇东西的时候一定也在哭，我听人读这篇东西时也忍不住要哭。我在这世界上不怎么哭的，因为遭遇麻烦时我从来不哭，但是我一读《破碎的心》就要哭。'最后，他还赞扬了故事结尾处穆尔的那首诗，并问在美国欧文这样的人多不多。'上帝可不会把许多这样的人派到这世界上的。'"

　　作家的生活经历并不总那么有趣，不像他们在自己的作品中所写的生活，笔者认为，这条规律对欧文也不例外。正如笔者已示或将示，他迄今为止的生活，他即将要继续的生活，既无惊天动地的大事，也没有什么重要的亮点。此时他离开纽约已有五年，而到他回到纽约之前，还将度过十二年的时光。他出版了自己的第三部书，在英国已颇有名气，换句话说，他找到了真正适合自己的职业，如果他不能继续从事这番职业并名利双收，那只能怪他自己了。

　　1820年夏天，他和哥哥彼得一起去了巴黎，年底之前他结识了诗人穆尔，当时后者正在巴黎享受自我放逐的快乐，而他的朋友们却在忙着帮他了断一桩公案：十七年前，他被任命为百慕大海事法庭书记员，可他的继任涉嫌贪污，英国政府要求由他来偿还那笔贪污款。穆尔在日记里写到，两人在默里斯（巴黎最贵的饭店）的餐厅里见面，那位成功的作家"容貌俊朗，举止透着智慧"。七天之后，两人就在穆尔的香舍丽榭别墅再次见面，此后便无一日不见面的。穆尔说他此时正忙着写作，一会儿写几页《谢里丹传》，一会儿写几段埃及传奇故事，但这完全是借口，他的日记可以为此作证。在一则日记中，他写到自己曾经花了整整五周的时间才写了一百九十二行诗，在另一则日记里，他说他觉得自己已经够勤奋了，居然一周能写将近五十行。欧文不写则已，一动起笔来，居然如此高产，如此轻松，这一点让他惊讶不已。穆尔在1821年3

月 19 日写道："快到晚餐时间，欧文来访；请他留下用餐，分享烤鸡，他答应了。他最近在奋力写作，十天时间便写了如《杂录集》那样开本的一百三十页。如此快手，令人惊叹。"

当时还有一个人也在巴黎做异乡人，他是欧文的同乡约翰·霍华德·佩恩。当年，佩恩在帕克剧院演年轻的诺瓦尔，在剧评人中引发了一场轰动。他比欧文早两年去了英国，在那里写起了剧本，还做了剧院经理。前者，他略有成功，后者，则一无所成。现在他能被人记得的，就是那首《家，可爱的家》。对他而言，伦敦太小了，于是就逃去了巴黎，欧文和他一起吃过早餐，吃完后两人一起去拜访了塔尔玛。

欧文经常会一时冲动出门旅行，1821 年，这样的冲动把他再次带回伦敦。这一回，他没有任何明确的目的，除了去见见朋友，看看乔治四世的加冕仪式。他十分幸运地站在了维斯特敏斯特大教堂外的一处观礼台上，目睹了整个过程，还遇见了司各特，后者告诉他应该进教堂去看的。像他这样的名人，进入教堂轻而易举。欧文带来了佩恩的一出小喜剧，标题不太吉利，叫《借款人》，几经努力，上演的希望还是落空。他的写作速度曾经让穆尔大为惊叹，此次他也带来了自己的一份手稿，想写的时候就写上几笔。书稿直到冬天才写完，出版商科尔伯恩带着坎贝尔的举荐信来了，出价一千几尼①，欧文无意离开穆雷，后者待他不薄，还正焦急地期待着出他的下一本书。于是，欧文提出了他希望得到的回报：一千五百几尼。这可把那位出版王子吓住了，他说："如果您提出要一千几尼……"话音未落，欧文就接着开口说："那就一千几尼给你吧。"交易就这样达成了。

关于欧文的第四部作品，即 1832 年 5 月同时在英国和美国出版的《布雷斯布里奇田庄》，评论界意见不一。《北美评论》7 月号上，期刊编辑爱德华·埃弗雷特认为，毫无疑问，该书完全可比肩于当时英国文学

---

① 英国旧币制，一几尼约合一英镑一先令。

杂文领域内的任何优秀之作，并赞扬书中对风土人情的描绘，认为其描写对象本身就相当引人入胜，加上作者出于善意的故作严肃，反讽的敬仰和生动的智慧，这些话题竟让人觉得难以忽略。杰弗里则指出，该书文笔之亲切、情感之温润，唯欧文所独有，但他认为，文中句式过于讲究节奏与音韵，给人拘谨程式的感觉，产生了这样的印象：作者在创作优秀作品时在次等重要的事情上过分花费了精力。

欧文对伦敦生活感到颇为无趣，便开始去欧陆旅行，为期大概一个月，最后还是到了巴黎。他再次住定后，无心写作，而是为将来可能会遭遇失败而忧心忡忡，这样的神经质恐惧时常搅得他心神不宁。他的诗人朋友穆尔此时已回到英国，也收到了他寄去的《天使之爱》，但他的戏剧家朋友佩恩依然在巴黎游荡，租着两处公寓，把在黎塞留路上的那一处转租给了欧文。他还成功劝说欧文加入他的戏剧创作事业，其中一部名叫《黎塞留街上的年轻人》的法语戏，大约三十年前就有人上演过，他已经用英语重写了大半。两人商定，如果剧本有销路，两人平分所得，但欧文在剧本写作中的参与得作为秘密不得泄露。两人一定是写得飞快，因为除了上面提到的那部戏，他们还完成了另一部戏《阿森达》的翻译，并准备将其改编为歌剧，此外还有《美女与法官》和《已婚的与单身的》两部戏，还有一部德国歌剧《阿布·哈桑》，当年欧文在德累斯顿时把它从德语译成了英语。佩恩带着这些剧本悄悄前往伦敦，但受到了债主们的阻拦，不得已与查尔斯·坎布尔联系。当他在被接受还是被拒绝之间苦苦等待时，欧文将《查理二世，或快活君主》的手稿寄给了他，那是一出根据《亨利第五的年轻时代》的法国戏改编的三幕喜剧，据笔者所知，欧文差不多就是这个剧本的唯一作者或改编者。佩恩将这个剧本和《黎塞留街上的年轻人》一起以两百几尼的价钱卖给了修道花园剧院，前者于次年春天（1824年5月）上演，而后者差不多又过了两年才得以演出，而且没几晚就停演了。

欧文在这段少有的戏剧创作期间重新开始了文学活动，毫无疑问，那是受到了穆雷一封来信的激发，穆雷在信中问他当年冬季可有什么东西出版。欧文回信告诉他也许到春天，另两卷《杂集》就脱稿了，还可以开始写沃尔夫特·韦伯的故事，不过他很快就把这个故事放在了一边。他在日记中记录了这段时间创作速度之快，尽管时常要赴晚宴之请；同时，另两个原因促使他下笔更加迅速，一是他为自己的新作品找到了标题《旅人述异》，二是穆雷在尚未看见文稿的情况下就答应支付他一千两百几尼。写完之后，他把手稿带到伦敦，见了穆雷，后者"一番君子之举"，即支付了他一千五百几尼，还把他引荐给了几位名流，其中有威廉·斯潘塞、普罗克托、罗杰斯和穆尔，穆尔还和欧文一起造访了兰斯多恩勋爵的宅邸伯伍德。无论欧文后来如何，反正当时的他并不是一位健谈之客，穆雷在日记中提到两次晚餐会，说欧文在晚餐会上都昏昏欲睡，很少开口说话。穆雷还补充道："不像强健的雄狮，倒似可爱的宠物。"

《旅人述异》在英国以两卷本形式出版，在美国则分为四部。它在英国销售不错，但无论在英美，都很难说是一次文学成功，特别在美国，报界对这部作品持敌对态度。威尔逊在《黑森林》上借"提摩西·荻可乐①"之口说："我对《旅人述异》大感失望"；《伦敦季刊》的评论人虽然赞扬了巴克索恩的故事，说作者在写小说方面还可能与哥尔德斯密斯有一比，但告诫作者说今后必须始终不要辜负自己的名声，改掉这部作品中存在的松散风格。

欧文回到法国后的下一件脑力活就是计划写一系列文章，即一系列严肃的评论文，话题涉及美国人的举止、国民生活、公共繁荣、交易诚信、年轻人的教育以及其他具有重大意义的严肃问题。笔者认为，要很好地写出那些文章，需要比欧文所掌握的更为庄重严肃的文笔。他的写作被一封来信打断，写信的是美国驻西班牙全权公使亚历山大·H.埃弗

---

① Tickler：有"挠痒者"的意思。

雷特先生。欧文与他曾在巴黎见过面，还请他把自己放在使馆联系人名单上。来信中夹寄了他的护照，埃弗雷特在信中建议他把当时正在出版过程中的纳巴莱特的《哥伦布的航行》翻译出来。这部著作由一位著名学者根据哥伦布的文献及日记摘录编著而成，哥伦布的那些一手文献都保存在著名的拉斯卡萨斯主教那里。欧文抵达马德里不久后还得知，资料中有很多文件尚未向世人公开过，它们为发现新世界提供了更多的细节情况。但作为整体，那部书有很大的缺点，与其说那是一部历史著作，不如说是一大堆历史事实。因此，欧文放弃了翻译的念头，开始独立就此进行研究，仔细阅读手稿，从这位伟大的航海家日常生活经历中做了大量的摘录。

欧文于 1826 年 2 月开始这项工作，不间断地进行了六个月，有时候甚至整天写作，直到半夜 12 点。8 月时，他的注意力转移到《攻克格拉纳达》上去了。这一课题使他极其感兴趣，立即全身心投入，直到 11 月把草就的初稿放到一边，重新回到那部更宏大的著作上去，一直写到次年 7 月才脱稿付印。莱斯利在《哥伦布的生平与航行》一书尚未开始写作时就将此计划告诉了穆雷，但这位老谋深算的出版商一开始并不爽快。莱斯利告诉欧文："他很愿意接受你的原创新作，无论是什么，因为他觉得肯定能大卖，但说到《哥伦布的航行》，他目前无法有任何确定的观点。"手稿完成后，欧文将它寄到朋友那里保管，就是美国驻伦敦领事阿斯平沃尔上校，并请他担任自己的代理，负责处理该书的事务。同时，他写信给穆雷，提出了自己希望得到的稿酬，三千几尼，但他说自己也愿意以分成方式领取稿酬。阿斯平沃尔相当出色地打出了自己的牌，最后让穆雷放弃分成稿酬，支付了三千几尼，一了百了。手稿送到骚塞那里，骚塞看了赞不绝口，穆雷本人也连叹太美了，太美了，说这是欧文迄今所写的最优秀的作品。

当年，欧文凭《杂集》在英国读者世界中一炮走红，但他的声誉到 1828 年已稍显黯淡，但是，《哥伦布的生平与航行》于当年一出，他名声再起，而且光焰更甚。这部著作的重要性，以及文笔之优美，在大西洋两岸都得到认可。杰弗里在《爱丁堡评论》上写了书评，认为这部作品不仅出色，而且会永垂书史。他解释说："笔者的意思是，这部书不仅二三十年之后依然会有人读有人看，它的精装本会进入各大藏书室，同时它还能超越迄今就此主题而写的所有著述而决不会被他人超越。"欧文的朋友埃弗雷特向来出言谨慎，也正是他向欧文推荐翻译纳巴莱特的书，结果成就了欧文的这部洋洋大作。埃弗雷特在《北美评论》上说，这部书让读者爱不释手，使评论者不知所措。"简直完美无缺，评论者只能像伏尔泰所说的，如果要他评论拉辛，他只能在每一页底部写上'妙！好！绝妙！'。他终于填补了世界文学中此前存在的空白，他的作品不仅完全满足读者的口味，同时也使这一领域内无需再写新的作品。笔者可以大胆断言，今后关于哥伦布的探险事迹，只要读欧文先生的作品便足矣，同时，笔者还发现，纪念发现我们这片大陆这一壮举的任务竟要等到这片大陆上的居民来写，而我们中出现的第一位一流专业作家竟将自己最重要最优秀的作品献给了这一主题，这是何等美丽的巧合！欧文先生的文风十分适于写出优秀的历史著作，而在此类作品中，《哥伦布的生平》无疑是世界历史所能提供的最为出色的主题之一，也许笔者可以完全正确地说，是最为出色的主题。"

这项任务工作量巨大，但欧文完成得如此令人满意，使他有时间实现陪哥哥彼得外出游览的计划。可是，刚一步一步回到巴黎的彼得健康状况出了问题，欧文不得已放弃与哥哥同游的念头，让两位俄国外交官做游伴，与他们一起于3月1日启程一路前往科尔多瓦。尽管有人说一路上有强盗出没，他们还是平安抵达格拉纳达，从那里绕道去了直布罗陀，再接着前往加迪斯，在那里，欧文因要急急赶去塞维利亚以尽早完成《攻克格拉纳达》的初稿，便与两位游伴分道扬镳。他因写作《哥伦布的生平》已经停笔三个多月没写《攻克格拉纳达》了。

那年夏天，塞维利亚地区酷热难当，欧文便搬去离加迪斯八英里外山坡上的一处乡间大宅，一边可俯瞰四下乡野与美丽的海湾，另一边则可远眺龙达地区的层峦叠嶂。他在这里把《攻克格拉纳达》第一卷的大部分手稿作为样稿寄到英国，请阿斯平沃尔上校交付给穆雷或其他任何一位主要的、广受尊敬的出版商。一个月不到，他收到穆雷的来信，说正在等待《哥伦布生平》的修订稿，以便出新版，同时还告诉他，从威尔奇那里买下了一幅欧文素描像，打算放在新版书里。接着，穆雷又来了一封信，其中的内容被欧文认为是迄今为止对他所享有的文学声誉的最精到的评论。穆雷在信中还提到要创办一家月刊杂志，纯粹以文学与科学为内容，希望欧文来担任编辑，年薪一千英镑，另外，还会支付他在该刊上发表的任何文章的稿酬。这样一算，年薪加可能的稿酬，一年至少能有七千美元的收入。

欧文像九年前谢绝了司各特的邀请那样，谢绝了穆雷的请求，一方面是因为一旦做了编辑，他就得长期旅居美国之外，另一方面，他不愿意把自己套在任何有时限的枷锁之中。最后，穆雷答应按欧文的出价买下他新书的版权，两千几尼。该书于1829年初出版，书的全名是《攻克格拉纳达纪年史》，没有说是根据欧文编造出的"安东尼奥·阿加庇达修士"的手稿而写，用的是欧文本人的真实姓名。他后来觉得，这样的处理实在太过随意，结果他不得不顶着自己的真实姓名编造许多故事，还背上了要证明阿加庇达修士原始手稿的确存在的责任。柯尔律治认为该书是浪漫传奇的杰作，普里斯科特觉得，欧文对自己笔下那段历史时期的所有美丽生动的事实都了如指掌，还认定他并没有因主题的诗意而损害了历史的准确；布莱恩特本人就是一位颇有成就的西班牙研究者，同时也是一位令人尊敬的评论家，他认为，该书是欧文最引人入胜的作品之一，它是一本史实准确的历史著作，许多对古代西班牙的历史文献做过广泛研究的人都这么认为，但它同时又充满着人物的个人经历，命运变换，跌宕起伏，这一切组合在一起产生了极其生动逼真的效果，借用蒲柏的话来说，年轻姑娘可能会将此书误读为一部浪漫爱情故事。

当作家的，得到与自己从事同样行业的人们的赞誉，自然是十分开心的事情，也许比赢得不在圈内的大众的嘉许更开心，但不幸的是，对他的雄心和钱袋而言，大众的认可才能带来实实在在的收益。可这一次，欧文并未得到收益，因为《攻克格拉纳达》的销售情况很糟糕。

《攻克格拉纳达》出版之前，欧文已重拾传记研究，正忙着为《哥伦布同伴的航海与发现》搜集资料，但写作《攻克格拉纳达》打断了他的进程。他同时还在思考写一系列与西班牙摩尔人统治时期相关的传说，想写的时候就写上一些。为此，他于1839年再次造访格拉纳达，借宿于阿兰布拉宫，白天黑夜漫游于那座宫殿里的厅廊庙堂之间。就当他徜徉于古代摩尔人的浪漫宫殿时，接到了担任驻伦敦公使秘书的任命，便于10月前往伦敦。在那里，有两项荣誉等待着他：一是皇家文学学会授予他一枚价值五十几尼的金质勋章，另一是牛津大学授予他名誉博士学位。然而，他虽然拥有了这两项任何文学家都会感到骄傲的荣誉，尽管他依然广受尊敬喜爱，但毋庸置疑的是，他的名声已经从1820年的《杂集》和1828年的《哥伦布的生平与航行》之后开始走下坡路了。他同期及此后的作品与他那两部最受好评的作品相比，从文学上说是否掉了一个层次，笔者在此不敢苟议，但下面的事实已足以说明问题：他只拿了五百几尼就把《哥伦布同伴的航海与发现》给了穆雷，而他那位精明的生意合伙人阿斯平沃尔上校也只为他的下一部作品《阿兰布拉宫》弄到了一千几尼，不是从穆雷那里，而是从科尔本与班特利出版社。这几部富有特色的关于古代西班牙及航海者的书受到如何评价，笔者并不清楚，只在《北美评论》上读到爱德华·埃弗雷特关于后者的几句话，说它的文学价值不亚于该作者的任何其他同类文学作品，除《杂集》之外；还说如果该书的读者与《杂集》一样多，他不会感到惊讶。另外，历史学家普雷斯科特在自己的《斐迪南与伊萨贝拉传》一书中，说《哥伦布同伴的航海与发现》是"优美的西班牙杂集"。

笔者此处不打算详述欧文的外交生涯，如他在宫廷上下的经历以及见过的名人等，只有一位可以多写几笔，那就是司各特。司各特当时在伦敦，已然是一位身心俱疲的老人，正在前往意大利的途中。欧文与他在家宴上再次相遇，是席上唯一一位家庭成员之外的客人。欧文走进客厅时，司各特坐在那里，说："啊，亲爱的朋友，上次见面那么多年来，时光好像没给你留下什么印记啊。"在晚餐桌上，老人的思绪似乎游移不定，时而像从前那样讲起了故事，但很快那智慧之光就昏暗下去，脑袋一耷拉，神色松弛，不知道自己讲到了哪里。晚餐结束后，女士们都上楼去了，洛克哈特对客人说："欧文，搀一下司各特吧。"这位体态臃肿呻吟不止的老人抓住向他伸过去的胳膊，另一只手撑着手杖，说道："我的好朋友，当年我们一起在伊尔登草坡上散步，现在一切都变啦。要说人的头脑不受现在这种状况的身体的影响，简直就是胡说八道。"两人此后没有再见面：这位著名的吟游诗人第二年便去世了，而欧文在阔别十七年差四天之后回到了美国。

　　欧文的朋友早就在等待他的回归，此时给了他极为热烈的欢迎，还在城市旅馆为他举行了盛大的公众宴会，主持人是欧文早年的好友肯特，就是那位三十年前将欧文打入阴曹的人。这样的场合对这位生性谦逊的文学家来说不啻一场折磨，不过从当时的报纸报道来看，他的表现还是相当得体的。当然，那是他一生最快乐的时候，而且，他曾一度担心同胞们会与他生疏见外，可现在却发现那样的担心完全没有根据，更使他快乐感加倍。他谈起自己离开的那些年以来纽约发生的变化，谈到自己第一眼看见纽约时的心情：乘坐的船驶进港口，远远看见浮在水波之上的城市，看见穹顶在阳光下闪耀，极目眺望码头上林立的帆杆，想到自己就出生在那片壮丽的景色之中，内心跳跃着喜悦与自豪。"他们问我打算在纽约待多久。问我这个问题的人，真的一点都不懂我的内心情感。我回答，一辈子。"他踏上纽约的街面，每间屋顶上都有人在欢呼或挥舞手帕，酒会上人们频频举杯祝贺，这使他心满意足，觉得受欢迎程度竟超乎预料，便终于住定下来。欢迎宴会结束后不久，他就前往华盛顿向政府交差，然后会见早年的朋友，前任英国公使路易斯·麦克莱恩、亨利·克莱、杰克逊将军以及其他人等。回到纽约后，他沿哈德逊河一路北上到塔里敦，再取道前往萨拉托加和特伦顿瀑布。他原计划从纽约州西部、俄亥俄、肯塔基到田纳西做一次旅行，但后来改变了计划，随同接到任命与几个印第安人部落代表谈判的三位印第安事务官员走上了去远西部的征程。他于 9 月 3 日从辛辛那提启程，于当月 24 日抵达密苏里州的独立镇，10 月 9 日抵达阿肯色州的吉布森堡，11 月初到达阿肯色河口的蒙哥马利角。随后，他乘蒸汽船沿密西西比河一路南下抵达新奥尔良，从那里返回华盛顿，最后回到纽约，完成了整个远征。他所走过的地区，合众国里文明程度较高的居民几乎很少知晓，而他在旅行中经历的各种事件及获取的经验，都促使他将一切付诸笔端。于是，他在处理其他事务的同时着手写起了自己在西部的所见所闻，他写得不紧不慢，于次年底完成了书稿。

这部取名为《大草原之旅》的书于 1835 年在伦敦出版，出版商是穆雷，而阿斯平沃尔上校则成功地从穆雷那里为这部书弄到了四百英镑的稿酬。此书在英国反响如何，笔者不得而知。它在美国受到热烈追捧，其中最热烈的好评来自爱德华·埃弗雷特在《北美评论》上的书评。他写道："笔者很难判断此书到底属于哪一类作品。它无法被称为一部游记，因为书中对风俗习惯及沿途风景的描述极为丰富，而且具体数据太少；也不能称其为小说，因为其中没有故事；更不能归之为传奇，因为书中所写皆为真实，是某种感伤之旅，浪漫之行，不同作品类型中几乎所有的要素都在此书中美妙地融合交织，使此作自成一格。"随后，埃弗雷特对欧文的英国小品与笔下摩尔人时代的恢弘事迹大加赞赏，但更使他感到喜悦的是，欧文重现文坛，通过描写原始荒野与人迹罕至的沙漠，为人们带来沉甸甸的诗意宝藏。"笔者感谢欧文先生，因为他使那些蛮荒的草原变成了经典的大地，像库珀一样，为人们此前并未意识到存在的一个个意象注入生命与火焰，使人们的想象力得以尽情拓张。"为重振自己当年在英语读者中最受欢迎作品所用的笔名，欧文将《大草原之旅》作为《克莱扬杂集》的第一辑出版，两三个月后出了第二辑，该书标题为《阿伯茨福德与新地庄园》，阿斯平沃尔上校为此书从穆雷那里弄到了四百英镑的稿酬，外加条件是，若此书出第二版，则追加两百英镑。此书似乎很受欢迎，因为阿斯平沃尔后来写信给欧文说："穆雷告诉我，人人都喜欢阿伯茨福德，特别是洛克哈特一家人。"《克莱扬杂集》的第三辑《征服西班牙传奇》于大约六周之后送到同一出版商手里，但他不愿意按对方提出的稿酬数接受书稿，不过还是按作者的要求将此书付印，欧文从这本书上只拿到了一百英镑。

　　欧文回到美国不久，就接到约翰·雅各布·阿斯托的请求，为后者在哥伦比亚河口的阿斯托里亚定居点写一本书。欧文正忙于其他的写作任务，没有答应，但建议说不妨让自己的侄儿皮埃尔·蒙罗·欧文协助他准备相关材料，这样，他便不介意最后根据这些材料写出书来。阿斯托立刻同意了这一想法。于是，当时还在伊利诺伊州的皮埃尔·欧文便应叔叔之请来到纽约，两人一起住进阿斯托在黑格特的一处乡间大宅里忙乎起来。阿斯托对两人出手大方，因为在他看来，年轻的那位勤勤恳恳做着编辑整理，年长的那位既是技艺精湛的文学家，又将自己的大名用在了这部书上，同时，两人在书中将他描写为殖民者百万富翁而留名后世，也使他颇为满意。《阿斯托里亚》于1836年出版。爱德华·埃弗雷特以一贯的口吻，在《北美评论》上撰文说，他在此书中读到了欧文品位，书中对主人公生活及性格的描写，完全可与杰弗里·克莱扬的文笔媲美。一位未署名的作者在伦敦的《旁观者》杂志上说，他认为该书是迄今为止写得最出色的探险叙事系列。

　　欧文在阿斯托的乡间别墅居住时，名士访客不断，有诗人哈莱克，有当时年方十四的查尔斯·阿斯托·布里斯泰德，还有美国海军的邦尼维尔船长，他虽然在当时并无非凡之处，军人的性格中混合着猎手与套兽人的品质，却让欧文十分感兴趣。他在华盛顿修订扩充自己的旅行见闻、描画所经过地区的旅行线路图时，与这位有趣的先生再次见面，买下了他手中的资料，加上从其他来源、谈话、邦尼维尔同时代人的日记等搜集来的事实细节，写出了一部边疆生活记叙，以《博纳维尔上尉探险记》为名于1837年出版，本特利为此书的英文版给了他九百英镑，比他支付给《阿斯托里亚》的多了四百镑。

欧文在回国不久就开始的国内旅行期间，在哈德逊河畔的塔里敦乡间看中一处地方，离他外甥奥斯卡家不远，让他十分喜欢。他于1835年买下了那地方，当时是一片十英亩的地，地界上有一幢百年老宅，他计划改建成旧时荷兰风格的小宅院。于是，他找了一位建筑师和一队雇工，他们花了他很大一笔钱，为他造起一座石砌的宅院，四周种下圣诞松柏。他和哥哥彼得于1837年1月搬进了翻建后的老宅。他先将此屋命名为"沃尔夫特的鸡棚"，后来又改名为"阳光居"。

他在新居里写完了《博纳维尔上尉探险记》，心思却依然萦绕于古代西班牙的恢弘历史。虽然他已经在《哥伦布的生平》中对此做了极为出色的描述，他还是计划写一部他认为会更加成功的作品，主题是卡斯蒂利亚王朝在新大陆的统治，即《西班牙征服墨西哥纪史》。他草拟完第一卷的大纲，前往纽约向纽约协会图书馆的权威人士求教。他找到了熟人约瑟夫·G.考格斯维尔，后者问他最近在写什么新书，还告诉他普雷斯科特最近刚出版的《斐迪南与伊萨贝拉史》。欧文问他："普雷斯科特先生有没有在写美洲大陆的东西？"后者告诉他是的，正在写《征服墨西哥》。欧文天性慷慨大度，很少有人能与他相比，他立刻放弃了自己的计划，并请考格斯维尔将此事转告普雷斯科特，尽管事实上，普雷斯科特所做仅仅是搜集了资料，写书的计划（如果他有计划的话）与欧文的无法相比。普雷斯科特为此写了一封充满感激的信，信中说，如果早知道欧文也有计划写这样的题材，他再这么做一定会感到十分羞愧，还担心说公众一旦知道欧文的慷慨之举，一定会对他不满，说他不知道在公众眼里，自己是否配得上欧文如此慷慨善待。

欧文放弃的这个大课题，让普雷斯科特整整忙了五年，也使欧文有闲暇重拾与英国散文家们的旧时友情，并修订了自己十五年前写成的一部传记，那就是《哥尔德斯密斯传》。这本书是他在巴黎期间为加里纳尼编辑英国作家丛书时写的，现在他又为"家庭丛书"计划进行重写，该书的出版商是哈珀出版社。《哥尔德斯密斯传》后，欧文又写了一部不太重要的传记，《玛格丽特·戴维森传》，那是当年显露出写诗体作品天赋的美国两姐妹中的妹妹，朋友们将她的作品称为诗歌，而她在正当豆蔻年华的十六岁时便死于肺炎。

欧文五十五岁时得到了两项政治荣誉，一项是在塔曼尼协会①被一致提名为纽约市长，另一项是被范布伦总统任命为海军部长。他一项都没有接受，说自己更愿意在自己的乡间宅屋安度时日，享受与亲友在一起的时光，而不喜欢那些也许能为他带来名声的职位。由于放弃了那项宏伟计划，他有时间从事稍不那么严肃重大的写作，开始为《尼克伯克杂志》写系列小品文，他与该杂志的关系从1839年3月持续到1841年3月。在后一时间到来之前（2月10日），他收到了他称之为"一生中的最高荣誉"，他被任命为西班牙公使。任命书由丹尼尔·韦伯斯特转达，他后来写道，由于任命拖了很久才转到欧文手上，"华盛顿·欧文是全纽约最感到吃惊的人"。任命伊始，这位新公使就应邀参加纽约市民为狄更斯举行的晚宴，众人一致推举他来主持，他的确主持了，还颤抖地说完了有史以来最短的晚宴致辞。在结束自己断断续续的演说时，他提议为国民贵客狄更斯的健康举杯，说："好了，好了！我说过我要倒了，我的确倒了。"

欧文于1841年4月10日第三次启程赴欧洲。他很快到达伦敦，与老朋友、当时的美国公使爱德华·埃弗雷特见面，后者在午后招待会上

---

① Tammany: 1786年在纽约成立的民主党政治组织。

将他引见给了维多利亚女王，他还与几位老相识见面，其中有几位部长，阿伯丁勋爵，罗伯特·皮尔爵士等，他们都很高兴再次与他相见。他在埃弗雷特的家宴上还见到了诗人兼幽默作家罗杰斯，后者像父亲一样拥抱了他。欧文还在文学基金周年晚宴上见到了年事已高的穆尔，并对后者说自己决无发表演说的意思。他对那位巧舌如簧的诗人说起了"那次狄更斯晚宴"，当场语无伦次的记忆在他的脑海里挥之不去。欧文其实并不适合担任亨利·沃顿爵士定义的外交职务，即"派往国外为本国利益说谎之人"。因为，且不论他天性不会撒谎，国家也没有什么事情要他去负责处理的，不像当时的英国公使，他手上有俄勒冈的事务需要关照。

欧文的四年外交生涯无需笔者多言。他从伦敦前往巴黎，在那里公事公办地拜访了驻法国公使卡斯将军，后者于一个傍晚开车送他去诺伊利宫参见路易·菲利普国王、王后、阿德莱德公主等，众人都对他的作品说了一番赞扬的话。欧文于 7 月 25 日到达马德里，在前任的住处圣洛伦索公爵旅馆住下。六天之后，他面见摄政的维多利亚公爵埃斯帕特罗，后者开车送他进入王宫，引荐给当时年方十二的小姑娘女王。那女王不过是狡猾政客手中的玩偶，她摆出孩子气的尊严按部就班走完程序。欧文给亲友的信，内容大部分写的就是他所驻国的政治局势，他相当温和地用了"暴风雨"一次来加以形容。例如，摄政的埃斯帕特罗很快就被推翻，小女王落入纳尔瓦埃斯及其党羽手中，他们发布了联合公告和其他一些堂而皇之的向公众公布的通告。欧文是一位富于洞察的观察者，又是一位下笔如飞的写作者，对于他在西班牙期间目睹的一切，他洞若观火，一一写下，而这，也是他作为外交官的职责，要将所有情况向本国政府传达。落在他肩上的外交事务相当繁重，使他无暇顾及自己钟爱并希望能全力以赴的工作，那就是写一部《华盛顿传》。此项计划是 1825 年出版商康斯特布尔向他提出的，当时欧文正旅居巴黎，他谢绝了这一请求，说自己实在能力不足。他写道："我对此深怀敬畏。"他思考良久，终于在"鸡棚"里开始了写作，但在马德里期间进展甚微。最后，他实在无法忍受外交职位，于1845年12月请辞，焦急地等待继任者的到来。继任于次年夏天到达，是来自北卡罗莱纳的罗姆斯·M.桑德斯将军。欧文于1846年9月从伦敦最后一次离开旧大陆，并于当月19日再次回到自己心爱的"阳光居"。

欧文的晚年悠然闲散，享受着无上荣誉。他的主要居住地就是"阳光居"，尽管他像年轻时那样不时出游，他的主要工作还是倾心已久的《华盛顿传》，以及编辑修订自己作品的全集。此时，他的很多作品已经脱版了。这部全集开始于1848年夏天，收入了欧文此前所述的全部作品，外加三部后期作品：《奥利弗·哥尔德斯密斯》(1839)、《穆罕默德及其后继者》(1850)、《沃尔夫雷特鸡棚编年史》(1855)。第一部作品的主题曾两次引起他的注意，后来福斯特出了《哥尔德斯密斯传》，他的出版商计划重印。这本饶有趣味的书重新勾起他对最喜爱的作家的回忆，也激发了他的写作力量，不到两个月，他的第三部传记作品的文稿就送到了出版商的手上。《穆罕默德及其后继者》是他在马德里期间计划要写的一系列作品中的最后一部，该书描述了摩尔人统治西班牙时期的事情，原来是为穆雷1831年的"家庭藏书"计划写的，但是由于各种原因，此书当时未能出版，书稿便被丢在一边，一丢就是好些年。欧文最近一次在西班牙担任公使时找到了这些被遗忘的手稿，便在打发无聊的养病时光对初稿做了修订，用他自己的话说，还得益于后来学者就此题目做出的贡献，特别是海德堡大学的图书馆员古斯塔夫·维尔博士，他迄今仍是这位阿拉伯伟大先知传记的权威。《欧文全集》中新增加的这些篇目本身都是十分优秀的作品，若在一位稍次的作家身上，它们完全可以成为其重要作品，但对欧文而言，这些作品只是他在完成倾注一生心血的那部皇皇巨著的过程中偶尔分分心的产品，而那部《华盛顿传》，尽管他写得十分缓慢，但坚持不懈，第一卷于1855年那部《沃尔夫雷特鸡棚编年史》问世后不久便交付出版，最后的第五卷于1859

年他去世前几个月出版。

欧文于 1859 年 11 月 28 日夜间去世，并于 12 月 1 日在塔里敦安葬。那是一个晴朗的冬日，暖暖的太阳为这一庄严肃穆的场景投下了柔和忧伤的光辉。送葬人说："这是最适合他的日子。"人们从"阳光居"向举行葬礼的基督教堂走去，然后从那里再走到一英里开外的山坡墓地。那里一边是哈德逊河水流淌，另一边是睡谷，就是欧文用自己的天赋使之声名不朽的那片经典之地。

> 年轻时纯真无邪，成熟后
> 每一天都有为善的记录；
> 爱他者在一旁静静守候，
> 守护着贤者渐渐地离去。
> 他谦恭地交出自己的身体，
> 一生完美，安享神圣憩息。
>
> 他一生幸福，时刻都感激
> 自己所拥有的毕生美好；
> 他从不会耽于乱想胡思，
> 决不受虚妄悲惨的侵扰。
> 年长时也没有病苦缠身，
> 因为他有幸于富足安宁。
>
> 我为他生也长寿感到高兴，
> 也为他去得其所感到欣慰；
> 我不能说上天对他不公平，
> 尽管它温柔地切断了绳系。
> 当他手已僵硬眼珠已昏黄，

他老了，到了上路的时光。

　　上面的诗行摘自我们最伟大的诗人布莱恩特年轻时的诗歌《老人的葬礼》，在这首感人的诗中，他歌颂了如欧文一样的无瑕一生，他在欧文去世后几个月的一次纪念演说中，用了如下的话来颂扬这位已故的友人："永别了！您已进入人世之基殿，那是为平和宽厚的您准备好的休憩之地。永别了！您生也幸福，死亦幸福，而身后之荣誉更使您加倍幸福；您的文采使世人瞩目，实为一大幸事，然更大的幸事，是您所写无一例外，均以促进同胞的宽宏大量与慷慨同情为宗旨。您在此世所获之永垂英名只是淡淡光影，无法与您在墓室之外的世界上赢取的荣耀相比。您在此世的使命是和平与善意，而您现在身处之境，仇恨与争斗均不能进入，那里的居民对您怀有崇高与神圣的爱意。"

华盛顿·欧文生平及著作年表

1783 年 4 月 3 日	出生于纽约市
1799 年	入法律事务所见习
1802 年	入霍夫曼（Josiah Ogden Hoffman）法律事务所任职员
1802—1803 年	为其兄的报纸《早间记事报》（*Morning Chronicle*）撰稿，多为讽刺信件
1804—1805 年	游历欧洲（法国、意大利、希腊、瑞士、荷兰、英国）
1806 年	继续学习法律，并通过律师资格考试
1807—1808 年	《杂录集》（*Salmagundi*）
1809 年	《纽约外史》（*A History of New York*）；恋人玛蒂尔达（霍夫曼的二女儿）因肺结核去世，年方十八。此事影响欧文终生
1813 年	任《文选杂志》（*Analectic Magazine*）编辑
1814 年	在抵抗英军的战争中担任纽约州长的侍从官
1815 年	前往英国
1818 年	家族产业破产；欧文拒绝其兄介绍的海军部职位，坚持以写作为生
1819—1820 年	《见闻札记》（*The Sketch Book*，其中包括《睡谷传说》与《瑞普·凡·温克尔》）
1822 年	《布雷斯布里奇田庄》（*Bracebridge Hall*）
1824 年	《旅人述异》（*Tales of a Traveller*）；应美国驻西班牙公使之邀前往西班牙马德里，计划翻译《哥伦布传》
1828 年	《哥伦布的生平与航行》（*A History of the Life and Voyages of Christopher Columbus*）

1829 年	《攻克格拉纳达》(*The Chronicle of the Conquest of Granada*); 离开西班牙前往伦敦
1830 年	英国皇家历史学会授予其金质奖章
1831 年	牛津大学授予其名誉博士学位;《哥伦布同伴的航海与发现》(*Voyages and Discoveries of the Companions of Columbus*)
1832 年	返回美国纽约,纽约市为其举行盛大欢迎宴会;应邀加入前往今阿肯色和俄克拉何马的远征探险;《阿兰布拉宫》(*The Alhambra*)
1835 年	《大草原之旅》(*A Tour on the Prairies*);《征服西班牙传奇》(*Legends of the Conquest of Spain*);在纽约的塔里镇(Tarrytown)近哈德逊河边购得一幢石屋及十英亩土地作为幽静的理想写作地
1836 年	应皮毛商阿斯托(John Jacob Astor)之请写《阿斯托里亚》(*Astoria*)
1837 年	《洛基山脉:西部风情、故事与探险》(*The Rocky Mountains: or, Scenes, Incidents, and Adventures in the Far West*);《博纳维尔上尉探险记》(*Adventures of Captain Bonneville*)
1840 年	《哥尔德斯密斯传》(*The Life of Goldsmith*)
1841 年	《玛格丽特·米勒·戴维森生平及遗诗》(*Biography and Poetical Remains of the Late Margaret Miller Davidson*)
1842—1846 年	出任美国驻西班牙公使
1849—1850 年	《穆罕默德及其后继者》(*Mahomet and His Successors*)
1855 年	《沃尔夫雷特鸡棚编年史》(*Chronicles of Wolfret's Roost*)
1855—1859 年	《华盛顿传》(*Life of George Washington*)五卷
1859 年 11 月 28 日	去世
1866 年	《西班牙文稿及其他》(*Spanish Papers and Other Miscellaneous*)